（元）奧敦周卿《太常引》

春暖花香，歲稔時康。真乃上有天堂，下有蘇杭。

目錄

第一章 中國最大都會名畫記 1

東方水城的誕生——蘇州的歷代發展 2

圖寫太平——《姑蘇繁華圖》的創作動機與內容 7

第二章 細看人間天堂夢 9

古城風貌 10

靈性的山與水 12

水鄉煙雲 13

橋的世界 14

臨水而居 15

百舸爭流 16

園林勝景 18

騎着馬兒跨着驢 19

以轎代步 20

蘇州官場內視 22

欽差大臣駕到 24

吆喝開道的官員出巡 25

藩台衙門 26

官宦家的壽宴 28

文治武備並重 29

正在進行的府試 30

讀書人的狀元夢 32

唯有讀書高 34

萬商雲集 36

絲綢棉布貿易 38

名店薈萃 39

小攤販做生意 40

飯店、客寓、浴堂 41

船行漕運 42

錢莊、當舖 44

童叟無欺與不二價 45

生產作業 46
耕者歌於野 48
斜風細雨不須歸 50
絲織作坊 52
四方貴吳器 53
奇巧甲天下 54

都城生活 56
滿街都是做官的 58
酒館與茶室 59
蘇州飲食 60
宴會成風 62
微縮的園林 64
寄情遊樂 65
婚娶禮節 66
吳儂軟語說彈詞 68
南戲 69
高台社戲 70
江湖雜耍 72
占卜與算命 73
寺觀香火 74

第三章 《姑蘇繁華圖》逐步導賞 75

第一段：靈巖山前 76
第二段：山遊雅集 78
第三段：木瀆鎮與狀元船 80
第四段：遂初園與壽筵堂會 83
第五段：石湖風光 86
第六段：獅、何二山和春台戲 88
第七段：姑蘇城的西南一角 91
第八段：萬年橋和府衙考場 93
第九段：從藩台衙門到拜堂成親 96
第十段：閶門 98
第十一段：山塘和虎丘 101

第一章

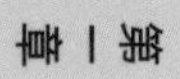

中國最大都會名畫記

六下江南　皇帝駐蹕的機遇

三百萬眾　生聚於斯的圖畫

東方水城的誕生——蘇州的歷代發展

蘇州，一個歷史久遠的古老城市。

有關蘇州的文字記載，始自夏朝，至今已逾四千年。根據《尚書．禹貢》記載，公元前二十一世紀時，大禹曾在蘇州地區治理過太湖水患，後來他把天下劃分為九州，蘇州便在古揚州境內。

蘇州古稱「吳」，因為在春秋時期是吳國的都城。據《史記．吳太伯世家》記載，公元前十一世紀的商代末年，周太王古公亶父有三個兒子：泰伯、仲雍和季曆。季曆就是後來的周文王姬昌的父親。由於泰伯和仲雍不想與弟姪爭奪王位，於是由中原來到長江下游的江南一帶，建立了「句吳」國，定都吳城。吳國的歷史正式開始，從此揭開了大規模建設這塊富饒土地的序幕。春秋時期，吳國與鄰近的楚國、越國曾經發生多次紛爭，伍子胥為報父兄之仇投奔吳國，協助吳王闔閭爭霸。闔閭死後，吳王夫差繼位，消滅了越國，最後越王勾踐臥薪嘗膽，反過來把吳國滅掉。在吳王闔閭即位之初，即周敬王六年（公元前五一四年），曾命令伍子胥建構都城，最終打造了一座有八處水陸城門的「闔閭大城」，這就是最早的蘇州城廓，距今已有兩千五百多年。蘇州城內的胥山、胥門、胥水、懷胥橋等名稱，就是為了紀念伍子胥而命名的。

公元前二二一年，秦始皇統一中國，建立郡縣制，把全國分為三十六郡，把原來吳越的國境設置會稽郡，吳縣成為會稽郡的治所和首邑。吳縣也就是今日的蘇州城。到了秦朝末年，楚漢相爭，項羽所率領的八千江東子弟兵，就是從吳縣來的。

劉邦建立漢朝之後，在漢高祖六年（公元前二〇一年），封從兄劉賈為荊王，以吳縣為荊國都城。荊國後來改稱吳國，漢景帝三年（公元前一五四年）吳王謀反被誅滅，吳國被廢，恢復為會稽郡。漢武帝時，吳縣已經是江南地區的政經中心，《史記．貨殖列傳》稱之為「江東一都會」。

東漢順帝四年（公元一二九年），會稽郡被一分為二，除了會稽郡外，在浙江以北另行設置吳郡，郡治在吳縣。東漢末年，孫堅、孫策割據江東，就是以吳郡為根據地。孫權繼位

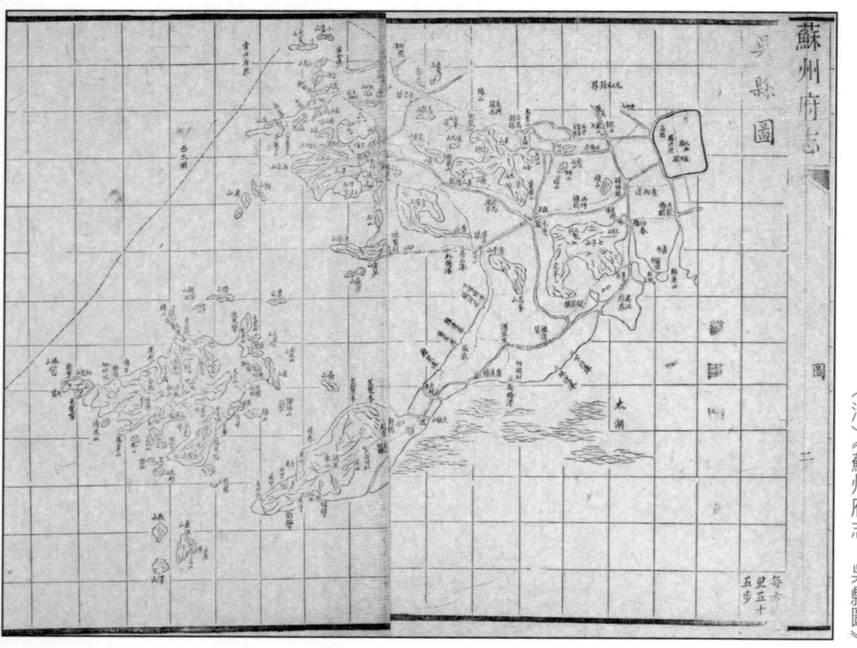

（清）《蘇州府志．吳縣圖》

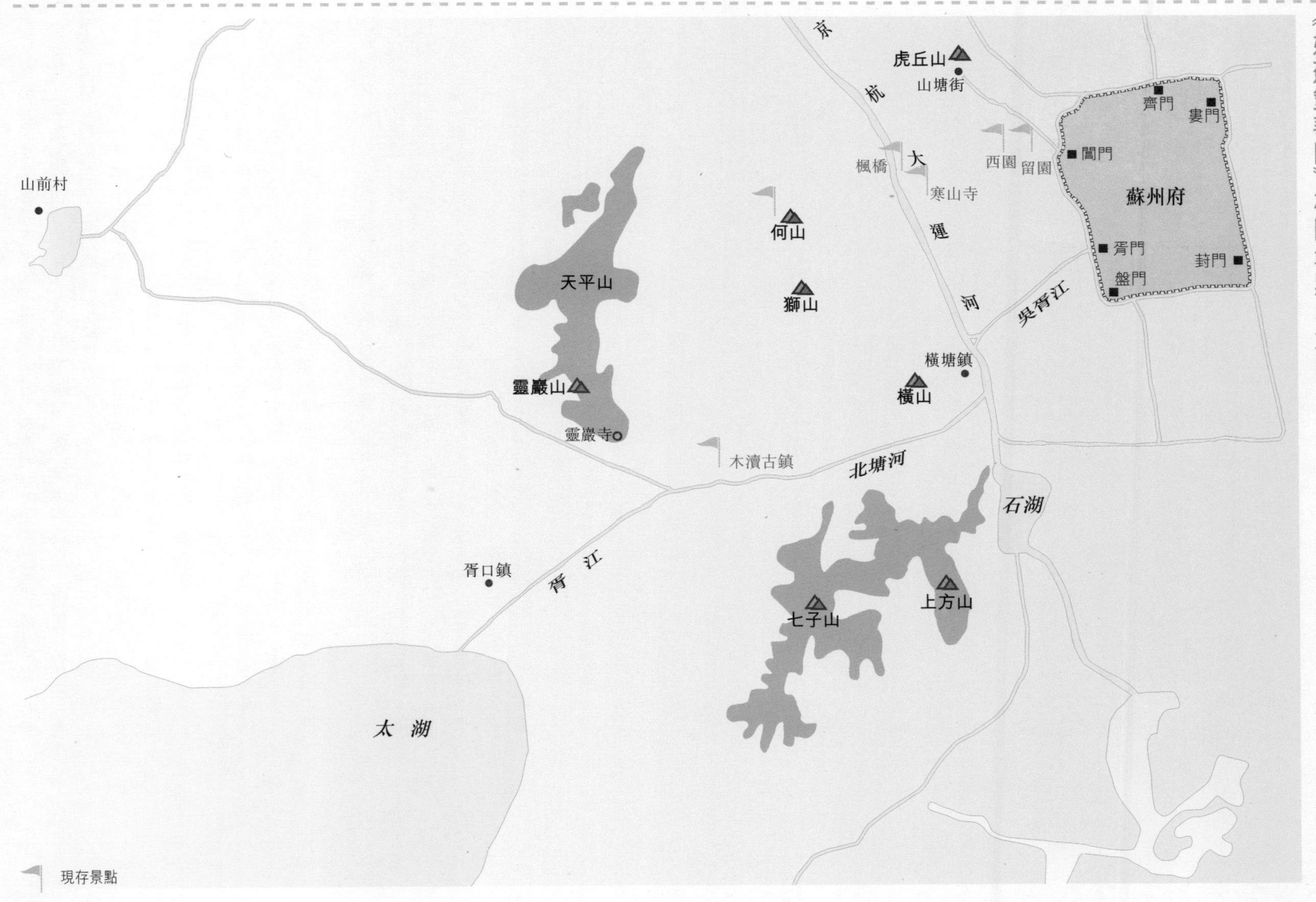

《姑蘇繁華圖》相關地點示意圖

後，共佔據了江東會稽、吳郡、丹陽、豫章、廬陵五郡，被曹操封為討虜將軍，領會稽太守職銜，屯守吳郡。後來孫權稱帝，國號也定為吳，與魏、蜀三分天下。當時吳郡與吳興、丹陽並稱，號「三吳」。

到了西晉時期，吳縣仍然是吳郡的治所。五胡亂華，永嘉南遷，北方的士紳大批南下，帶來了先進的文化和技術，也推動了江南地區農業和水利的發展。

隋代建立後，把原來的郡、州、縣三級制改為州、縣兩級。開皇九年（公元五八九年），隋滅陳並佔領吳郡，將吳郡改為州，因為吳郡的西南面有一座姑蘇山，因此把吳郡改名為「蘇州」，這是蘇州得名的由來。隋煬帝期間，蘇州先更名為吳州，後再易名為吳郡。煬帝後來開通南北大運河，蘇州正處於運河交匯的地方，經濟發展更加繁盛，與楚州、揚州、杭州成為運河沿岸的四大都會之一。

唐代初年，吳郡恢復了蘇州的名稱。唐代宗大曆十三年（公元七七八年），升蘇州為江南唯一的「雄州」，管轄七縣。根據唐代制度，州分成七個等級，雄州就是第二等的大州，可以想見當時蘇州已是一個極度繁華的都城。事實上，中唐以後，蘇州已是全國性的文化經濟中心之一，人才薈萃。就像著名詩人李白、杜牧、李商隱、張繼、杜荀鶴、皮日休等都曾在蘇州生活過，寫下不少名篇佳作。韋應物、白居易和劉禹錫三位著名詩人更先後擔任過蘇州刺史，被譽為「詩人三刺史」，並流傳着「蘇州刺史例能詩」的佳話。

五代十國時期，錢鏐建立吳越國，其後佔據了蘇州，改蘇州為中吳府。錢鏐一心想把蘇州發展成吳越國的經濟及軍事重鎮，並替蘇州修築城牆。這是蘇州有磚砌城牆的開始。

宋朝時，中吳府又一次恢復了蘇州的名稱，隸屬於江南道。宋仁宗景祐二年（公元一〇三五年），范仲淹在蘇州建立文廟、創辦府學，自此以後蘇州文風鼎盛，人才輩出。宋徽宗時，升蘇州為平江府，於是蘇州城又有「平江城」的稱號，更以絲綢的生產聞名當世。到了南宋時期，平江府已經是金國使臣、四方商販往來南宋都城臨安府的必經之地，因此官府在胥門建設了全國最大的驛館——姑蘇驛。兩宋期間，平江府一直被稱為「天下糧倉」，當時就流傳有「蘇湖熟，天下足」、「上有天下，下有蘇杭」等民諺。

元代時，平江府改名為平江路，隸屬於江淮行省。元代末年，張士誠起兵抗元，建立大周國，定都於平江。明朝建立後，平江路改名為蘇州府。當時負責管理南直隸省的應天巡撫駐紮在蘇州，著名的清官海瑞就曾經在蘇州擔任過應天巡撫一職。

明代的蘇州，已經成為東南地區的經濟重鎮，也是全國稅收的主要地區。據《明會典》記載，明太祖洪武年間，蘇州府秋糧米實徵數量就佔全國的百分之十一。當時蘇州的副業生產也很發達，主要以植桑養蠶，繅絲織綢為主。嘉靖年間的《吳邑志》記載，當時「東北半城，萬戶機聲」，而絲綢的品種更多達三十餘種，因而有「綾布二物，衣被天下」的稱譽。

明末清初之際，清兵南下，蘇州經歷了戰亂的洗禮，城池遭到嚴重的破壞。康熙即位後，重新修築了蘇州城。修復的城垣，保留着葑門、婁門、齊門、閶門、胥門和盤門六個城門，這大體上就是我們現在看到的蘇州城了。

清朝建立後，不但沿用了蘇州府這個名稱，隸屬於江蘇省，還延續了在蘇州徵收重稅的政策，視蘇州為全國經濟的命脈所在。正因為蘇州地位如此特殊，所以江蘇巡撫和江蘇布政使同時駐守蘇州，蘇州府也就成了金陵（南京）以外的

姑蘇城示意圖

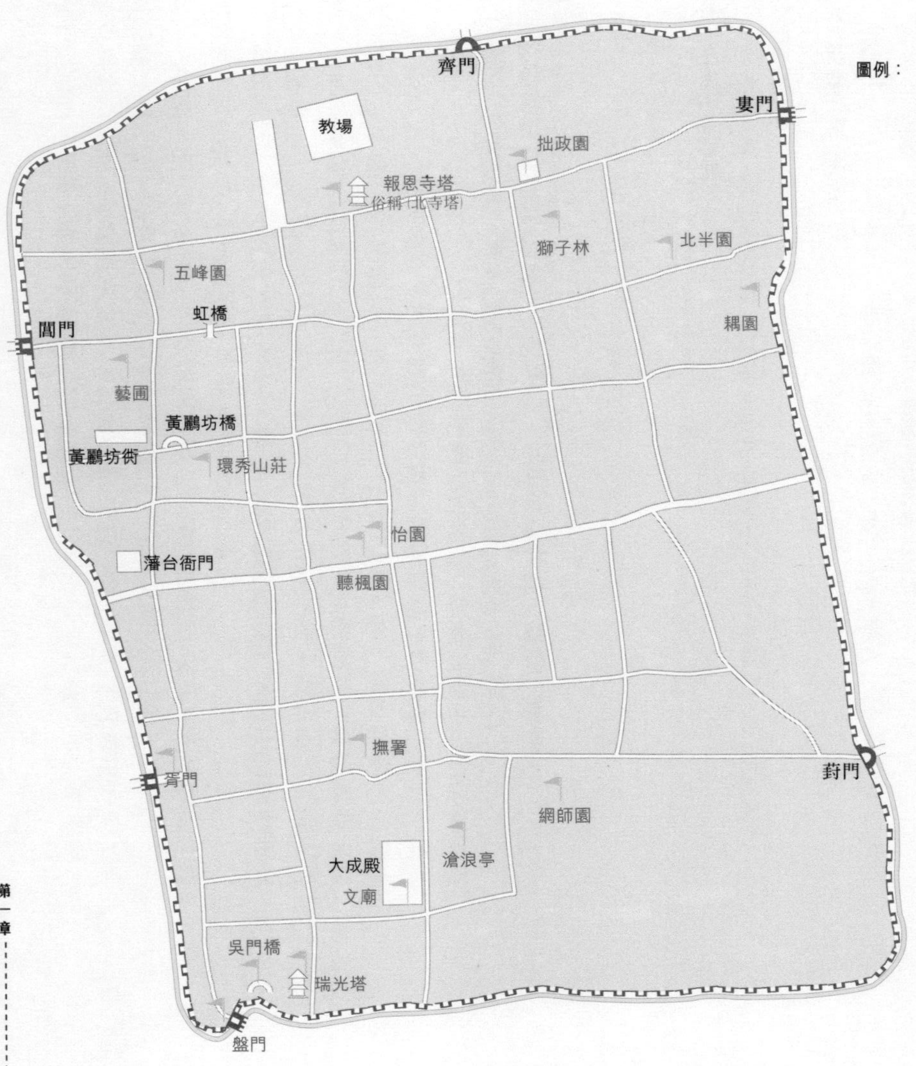

（清）《蘇州府志・蘇城全圖》

另一個省會。由明末到乾隆時期，蘇州經過了一百多年的休養生息，已經是一個社會穩定、經濟發達的大城市。明代中葉以後在蘇州興起的各種手工作坊以及副業生產，到了清代初年都在原有基礎上大力拓展起來。「四方重吳服，而吳益工於服；四方貴吳器，而吳益工於器。」《松窗夢語》這段用來形容明代中期蘇州盛況的説話，放在康熙、乾隆時期更加合適。

康熙年間，有人把蘇州與北京、漢口、佛山視為當時全國四個最繁華的都會。實際上，論經濟發達程度，蘇州已經是全國之首。這從蘇州府的人口變化就可以看到。據康熙十三年（公元一六七四年）的統計，蘇州府的人口為一百四十三萬，到乾隆六十年（公元一七九五年）時，蘇州已經是一個有三百一十九萬人的大城市。可以説，蘇州到了乾隆時期，在社會、文化、經濟等各方面的發展都達到了頂峰，因而被曹雪芹稱為「最是紅塵中一二等富貴風流之地」。難怪康熙、乾隆兩位皇帝分別六下江南，每次都必到蘇州。

徐揚筆下《姑蘇繁華圖》所反映的，正就是這樣的一幅盛世圖像。

姑蘇城寫照：

（晉）左思《吳都賦》：

造姑蘇之高臺，臨四遠而特建，帶朝夕之濬池，佩長洲之茂苑。窺東山之府，則環寶溢目；覿海陵之倉，則紅粟流衍。

（元）奧敦周卿《太常引》：

西湖煙水茫茫，百頃風潭，十里荷香。宜雨宜晴，宜西施淡抹濃妝。尾尾相銜畫舫，盡歡聲無日不笙簧。春暖花香，歲稔時康。真乃上有天堂，下有蘇杭。

（元）《馬可波羅遊記》：

蘇州是一頗名貴的大城。……恃商工為活，產絲甚饒，以織金錦及其他織物。其城甚大，周圍有六十里，人煙稠密。

（清）劉獻廷《廣陽雜記》卷四：

天下有四聚，北則京師，南則佛山，東則蘇州，西則漢口。

（清）沈寓《治蘇》：

東南財賦，姑蘇最重；東南水利，姑蘇最要；東南人士，姑蘇最盛。

（清）《新修陝西會館記》：

蘇州為東南一大都會，商賈輻輳，百貨駢闐，上自帝京，遠連交廣，以及海外諸洋，梯航畢至。

（清）曹雪芹《紅樓夢》第一回：

出則既明，且看石上是何故事。按那石上書云：當日地陷東南，這東南一隅有處曰姑蘇，有城曰閶門者，最是紅塵中一二等富貴風流之地。

圖寫太平——《姑蘇繁華圖》的創作動機與內容

《姑蘇繁華圖》（原名《盛世滋生圖》，於一九五〇年代初由東北博物館起了新名字），是清代宮廷畫家徐揚在乾隆二十四年（公元一七五九年）完成的一幅風俗畫長卷。全長一二二五厘米，寬三十五點八厘米，比《清明上河圖》還長一倍多，現藏於遼寧省博物館，是國家一級文物。

徐揚，字雲亭，是蘇州府吳縣人，家住專諸巷。他原是一名監生，擅長繪畫山水和梅花。乾隆十六年（公元一七五一年），乾隆皇帝第一次南巡到蘇州，時年四十歲的徐揚和同鄉張宗蒼一起獻上了自己的畫作，二人都被欽命「充畫院供奉」。乾隆十八年（公元一七五三年），他被欽賜舉人，官至內閣中書，長期供奉清廷畫院。

根據清宮珍藏書畫名著《石渠寶笈》的著錄，徐揚的作品多達三十五件，《盛世滋生圖》是其中最主要的一卷，前後花了二十四年時間繪畫，完成於乾隆二十四年（公元一七五九年），被收藏在清宮御書房。全圖鈐有鑒賞或收藏之章凡十七方，從「乾隆御覽之寶」、「太上皇帝之寶」等鈐可知，乾隆皇帝對此畫卷十分讚賞。

徐揚為甚麼要繪製《盛世滋生圖》呢？他的創作意圖在畫卷後面的自跋中說得很明白：他有感「國家治化昌明，超軼三代。幅員之廣，生齒之繁，亙古未有」，所以要「圖寫太平」，藉此表現「斯地斯民」，「感激流涕」，「交相勸勉，共為盛世之民」。也就是說，他要藉着描繪蘇州的繁華，去凸顯高宗乾隆統治下的太平盛世。徐揚為甚麼要選擇蘇州呢？一、他本身是蘇州人，對蘇州的一景一物異常熟悉；二、蘇州是當時最具代表性的繁華都會；三、乾隆皇帝對蘇州風物十分喜愛，正好迎合皇帝的心意。

據徐揚自述，畫卷「自靈巖山起，由木瀆鎮東行，過橫山，渡石湖，歷上方山，介獅和兩山間，入蘇州郡城，經盤、胥、閶三門，穿山塘街，至虎丘山止。」由此可見，所畫內容位置集中在蘇州城的西面，自西

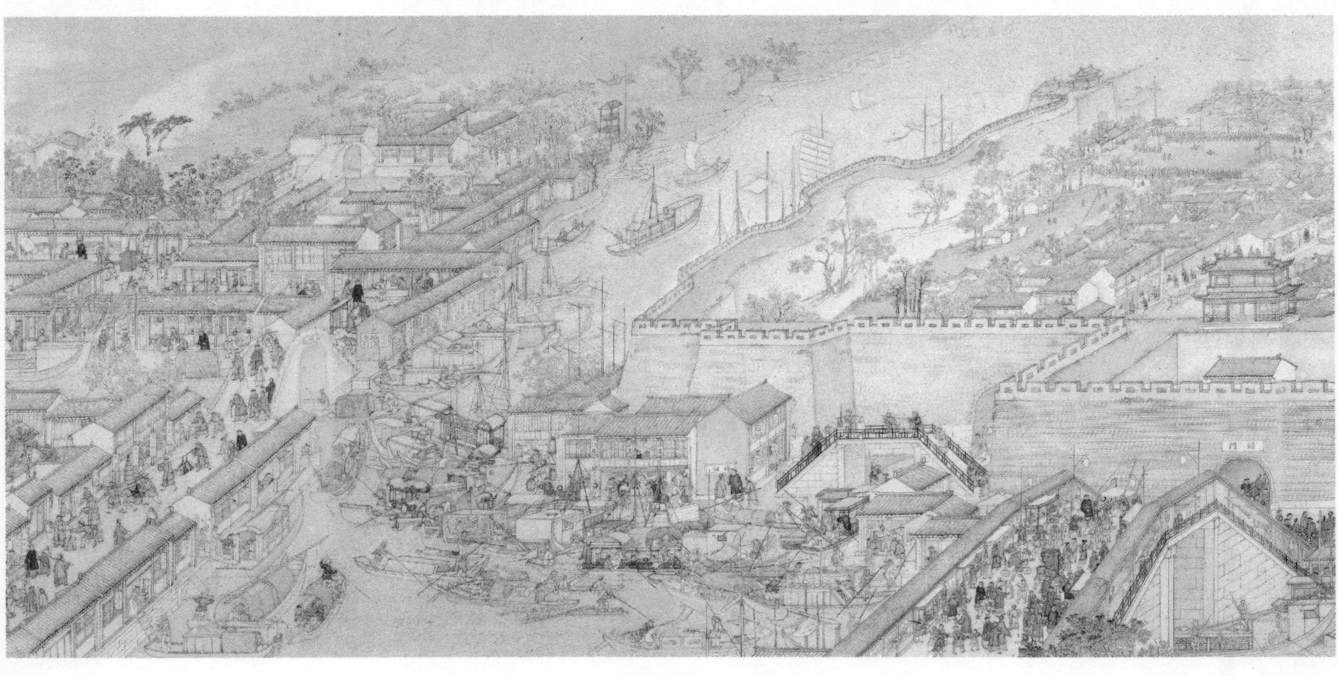

向東，由鄉入城，重點描繪了一村（山前）、一鎮（木瀆）、一城（蘇州）、一街（山塘）的景物。畫筆所至，連綿數十里的湖光山色、水鄉田園，村鎮城池，社會風情，盡收畫卷之內。

由於要「圖寫太平」，《姑蘇繁華圖》裏所描繪的，是一個真實的康熙、乾隆盛世時的蘇州。正如秉琨在《清徐揚〈姑蘇繁華圖〉介紹與欣賞》一文所說：「二百二十多年前江南的風物人情，通過這幅圖畫，都活生生地呈現在眼前。這是蘇州的山川、城郭、街巷、橋樑、河道、碼頭、寺院、廟壇、衙署、倉廒、民居、店面等等當日的情況，有蘇州的舟楫、轎輿、學塾、戲台、衣飾、招牌等等的樣子，有蘇州的婚娶、飲宴、雅集、授業、科考、出巡、演藝、買賣、田作、漁罟、造屋、練兵以至命相、測字、化緣等場面。這可以說是關於蘇州——江南地區一處政治、經濟和文化中心的忠實而形象的歷史記錄。」

根據粗略統計，出現在畫卷內的各色人物有四千六百餘人，各式房屋建築約二千一百四十餘棟，各種橋樑四十餘座，各種客貨船隻、竹木筏子共三百餘隻，各種商號招牌有二百餘塊，代表了蘇州約五十多種的工商行業。透過這些細節的描繪，當時蘇州人文薈萃的都城面貌、生機蓬勃的經濟情況，都能具體生動地展現在我們面前。讓我們對盛清時期的蘇州文明盛況，有了一個最直觀的了解。而這正是《姑蘇繁華圖》的巨大欣賞價值所在。

後人把《姑蘇繁華圖》與北宋宮廷畫家張擇端繪畫的，記錄了汴京盛世景像的《清明上河圖》，合評為中國古代繪畫長卷的姊妹篇，是很有道理的。

第二章

細看人間天堂夢

曹雪芹評姑蘇

「最是紅塵中一二等富貴風流之地」

古城風貌

蘇州在江蘇省南部，處於太湖平原和整個長江三角洲的中心，是一座有悠久歷史的文化古城。徐揚筆下的蘇州城，是清代乾隆初年一個繁榮熱鬧的商業城市，也是當時江南地區的政治重鎮。倘若隨着畫家的筆觸由蘇州的鄉郊地區走進都城，再由都城回到鄉郊，我們不難發現，蘇州更是一個坐落在名山秀水之間，洋溢着古風古韻的美麗城市。

蘇州城的古老，從其城市格局就可以看到。這座始建於春秋時期的吳國都城，歷經二千五百多年的風雨，依然完好地保存着原有的古城址和古代都城獨有的棋盤式格局。「鎮為澤國，四面環水」，「咫尺往來，皆須舟楫」。從畫卷中隱約可以看到，城中的河道縱橫交錯，河道呈南北或東西的直線走向，組成規整的方格狀水網；由於街道和河道平行，由街道編織成的路網跟河道匯合成的河網重疊在一起，展現了「水陸平行，河街相臨」的獨特面貌，也是蘇州城這個水鄉的個性所在。

「商賈雲屯，市廛鱗列，為東南一都會。」

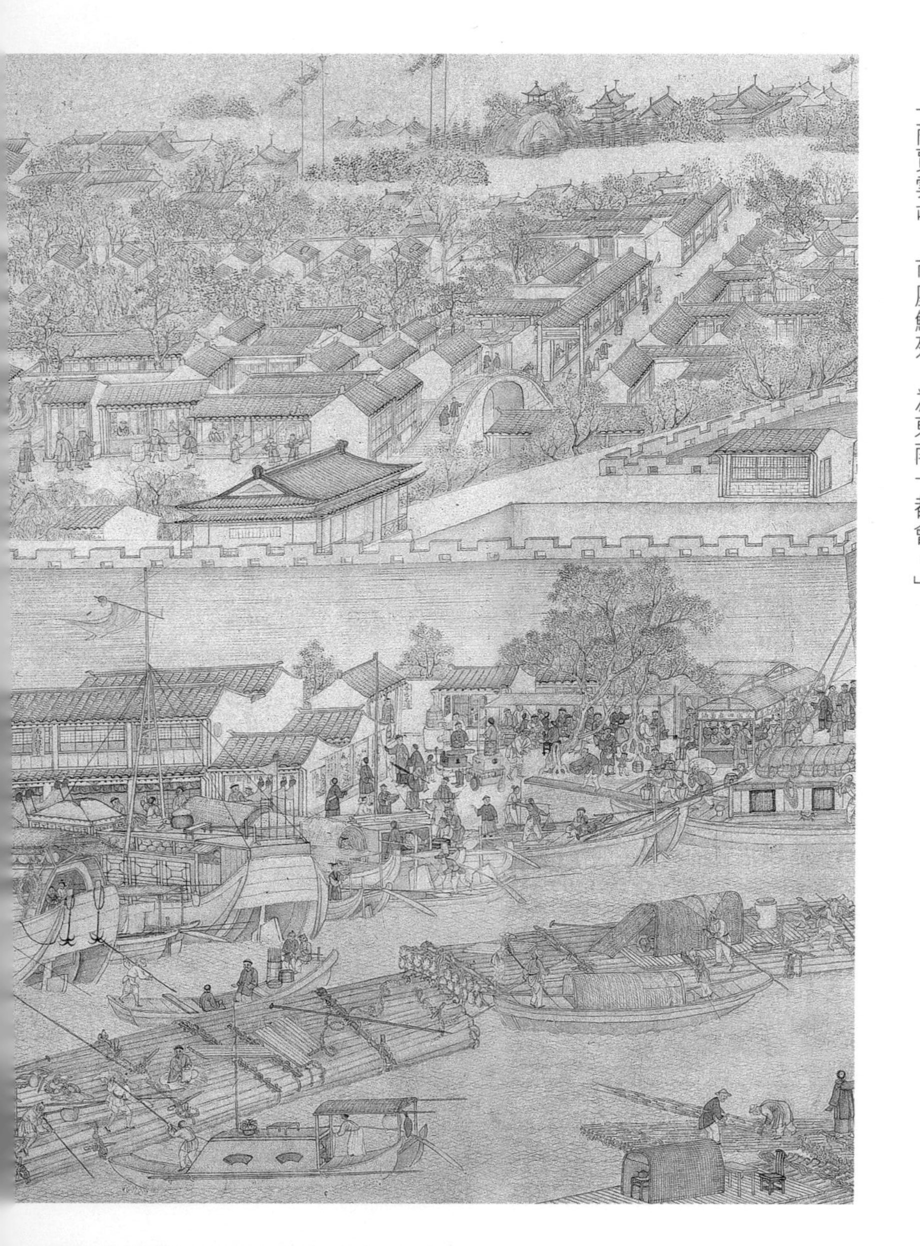

縱然由於經濟繁榮的緣故，蘇州城的很多角落都顯得過於煩囂擠擁，不過，通過碧波蕩漾的水面、樣式多變的石橋、琳琅滿目的船隻、縱橫交錯的街巷、鱗次櫛比的民宅、疏密有致的園林，我們仍能感受到那種撲面而來的文化氣息。深厚的文化底蘊，繽紛的市井風情，兩者有機地融合一起，從而展現給我們一幅不一樣的古城風貌。

靈性的山與水

山是蘇州的靈，水是蘇州的魂。

蘇州城有着秀美的山水環境，城內居民大多臨水而居，一直延續着古代追求「天人和諧」的棲居方式。《姑蘇繁華圖》裏描繪的是從靈巖山起，由木瀆鎮東行，過橫山，渡石湖，至虎丘山止的一段風光，所以整個畫面的背景，無不充滿着影影綽綽的山和漫無邊際的水。

乾隆皇帝六下江南，次次駐足木瀆鎮，使人們對這個著名的古鎮留下深刻的印象。提到木瀆鎮，不能不提靈巖山。在木瀆鎮以西，一進入《姑蘇繁華圖》的位置，描寫的便是靈巖山的秀美景致。這座山並不大，卻峻峭挺拔，演繹了許多古老的歷史傳説。山頂上有一座靈巖寺，據説是當年吳王夫差為西施所建的「館娃宮」舊址。站在靈巖山上可以俯瞰整個蘇州古城，不知道當年夫差有沒有和西施並肩站在山頂上，自豪地眺望自己統治下的姑蘇城？

説到蘇州的水，則不能不説太湖。八百里太湖有九成的水面是屬於蘇州的。太湖的水就像是蘇州古城母親胎盤裏的羊水。沒有了太湖之水，蘇州城就沒有了生機和活力。

山與水的靈性結合，構成了蘇州城獨特而絢麗的美。這種美既是奔放的，又是含蓄的；既是粗獷的，又是細膩的。徜徉在這樣的湖光山水之間，讓人暫時地忘記了城市的浮華，回歸到純真和自然裏。

水鄉煙雲

蘇州城是聞名世界的水鄉城市，一直被譽為「東方威尼斯」。蘇州城的水以太湖為源頭，長江支流和京杭大運河的水自西向東，穿越貫流整個古城，最後歸於大海。從《姑蘇繁華圖》中不難看出，蘇州城是在河水的重重懷抱之中。水滋養了蘇州城，水也是蘇州城的載體。「處處樓前飄管吹，家家門外泊舟航」便是當時水鄉景致的生動寫照。

正因為水的無處不在，蘇州城的規劃採用了「因水制宜」的主導思想，創造了以水為脈絡，河道為骨架，相輔相成的水城格局。「因水得佳景」，在水的流動與光影烘托下，城市的街道和建築等隨着時間的變換驟然發生變化，給整個水鄉增添了無窮無盡的變化之美。

翻開《姑蘇繁華圖》的長卷，便可發現當時的蘇州城在處理人與自然、環境的關係上已經有很深的感悟。除了那幾處繁華囂雜的商業地段，整個蘇州城和諧優美，親切宜人。這種舒適雅致的生活環境，即使放到現在，也是大部分人孜孜以求的居住理想。

姑蘇城寫照：

（唐）白居易《正月三日閑行》：綠浪東西南北水，紅欄三百九十橋。處處樓前飄管吹，家家門外泊舟航。

橋的世界

縱觀《姑蘇繁華圖》，各式各樣的橋比比皆是。的確，當時的蘇州城是一個橋的世界。古城共有多少座橋？據《吳縣誌》記載，城廂內外有橋三百一十座，加上近郊的六百四十九座，合計約有近千座之多。

橋不但數量多，它的造型也是花樣繁雜，風格則各有千秋。有朱紅欄杆的畫橋，有最普通的便橋；有平面石板橋，也有弧形的拱橋；有單孔橋，也有多孔橋。木結構的便橋，是最平常的橋，常常點綴在郊外，構成小橋、流水、人家的美好意境。

單孔的石拱橋是當時蘇州城中最常見的一種橋。拱起的橋身猶如一彎皎潔的新月，煞是好看。唐朝詩人張繼的詩作《楓橋夜泊》裏提到的楓橋就是屬於這種橋。說到橋名，當時還有一些耐人尋味的名字，像塔影橋、日暉橋、彩雲橋、漁郎橋、鶴舞橋等等，這些都跟蘇州文人生性儒雅風流是分不開的。

畫卷中最有氣勢的一座橋當屬「萬年橋」，它雄偉壯麗，高大的石牌坊上面題着一幅對聯：「水面忽添新鎖鑰，波心仍照舊輿梁」。橋的兩端各有兩個小亭，亭中的勒石記載着捐款造橋人的姓名。橋邊的欄杆很別致，由木質的朱漆畫欄及白石砌的石欄交織而成。橋面非常寬闊，路人可在此遊覽和休息，各式攤販也集中在這裏做做小生意，好不熱鬧。橋上的景象是當時蘇州城的一個縮影，同時也反映了橋的多種功用。

姑蘇城寫照：

（唐）杜荀鶴《送人遊吳》：君到姑蘇見，人家盡枕河。古宮閑地少，水港小橋多。夜市買菱藕，春船載綺羅。遙知未眠月，鄉思在漁歌。

（宋）鄭獬《題垂虹橋寄同年叔楙秘校》：三百欄杆鎖畫橋，行人波上踏靈鰲。插天螮蝀玉腰闊，跨海鯨鯢金背高。路直鑿開元氣白，影寒壓破大江豪。此中自與銀河接，不必仙槎八月潮。

（清）蔡雲《吳歈》：行春橋畔畫橈停，十里秋光紅蓼汀；夜半潮生看串月，幾人醉倚望湖亭。

臨水而居

《姑蘇繁華圖》反映的是清朝乾隆時期的蘇州城，當時人口已經有三百多萬。畫中表現的民居是典型的江南平民居所。一直以來，它都是以單體建築的精緻工藝和富於空間變化的庭院式結構為世人所稱道。古城內，一排排的巷坊民居，臨水而設；一座座前低後高、佈滿雕刻彩繪的蘇式庭院鱗次櫛比，結合縱橫交錯的幽靜街巷和遍植各處的榆、柳、桑、槐等樹木，渲染出與杭州、金陵等不一樣的城市風景。唐末詩人杜荀鶴《送人遊吳》詩說的「君到姑蘇見，人家盡枕河」，就是蘇州民居的風貌。

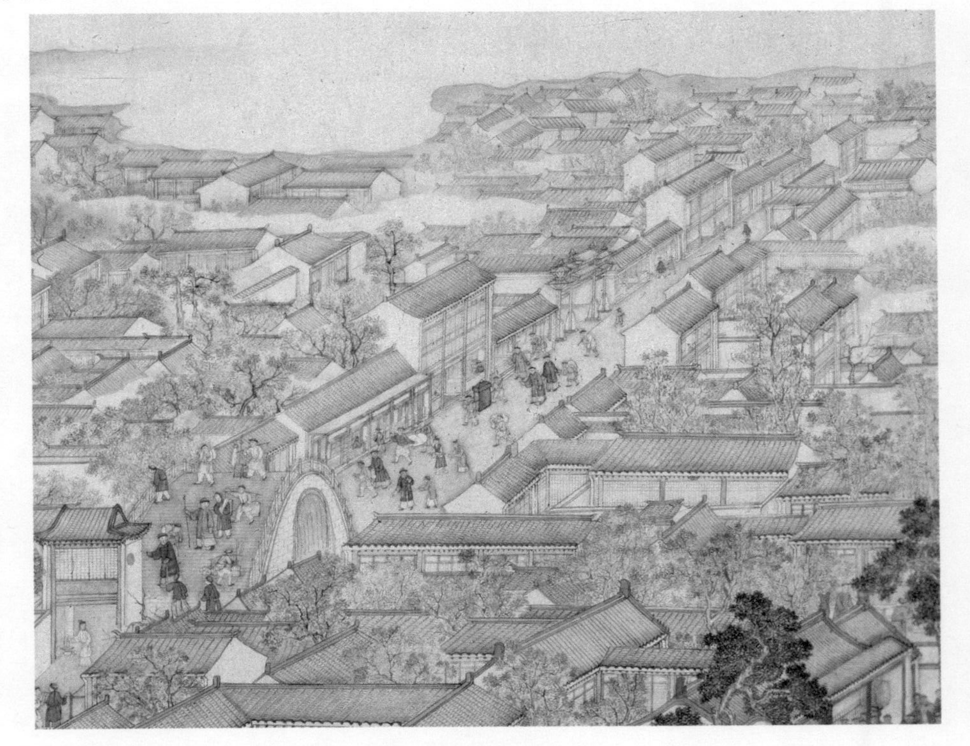

在一些經營量大、地皮緊張的商業繁榮地段，臨街所見都是兩層高的樓房，它們採取了商住合一的設計，前鋪後居，鬧中取靜。這種居住形式，一直延續至今。

除了以上的主要民居形式，蘇州城還有水鄉特有的杆欄建築。住在這裏的人，雖然生活條件較為簡樸，但是卻近水樓台，憑欄聽風，別有一番生活情趣。而美麗的吳淞江環繞着古城，也讓靠水吃水的漁民們，成為逐水而居的一族。

姑蘇城寫照：

（唐）杜荀鶴《姑蘇憶》：君到姑蘇見，人家盡枕河。古宮閑地少，水港小橋多。

百舸爭流

蘇州城的水鄉特色，使「船」成為當時最重要的一種交通工具，以「萬舟齊發，百舸爭流」來形容當時的盛況一點不為過。

《姑蘇繁華圖》中對船的描繪用了大量的筆墨。在運河上的多是運輸船，在虎丘山塘的多是遊船，石湖煙波之中的多是漁船，在渡口的則多是擺渡船。當中，漕運船的船體寬大平底，用來裝載糧食貨物；官座船是提供給官吏及其眷屬乘坐的，船上面的裝飾豪華考究，空間寬敞，航行時常將頭銜用黃旗標明，懸於桅杆上。沙飛船是蘇州豪門和富商們使用的遊船，由揚州沙氏改造蕩湖船而成，故名「沙飛」。船身較寬，有些地方設雙重艙，有卷艄和開艄兩種。一般船上設有爐灶，桌椅精雅，大船可辦三桌酒席，小船也可辦兩桌。燈船比沙飛船略小，從船頭至船尾連綴着十幾盞羊角燈。每到夜晚燈船所到之處，鮮豔奪目，為觀賞夜景絕佳的船體。一般的遊船，俗稱畫舫，船體較輕巧，四面敞開，上有布幔，中設桌椅，便於憑欄觀景。捕魚用的舴艋船是船中最小的，兩頭尖，形狀像蚱蜢。一人搖櫓，一人捕魚，好像一片樹葉飄浮於水中。

蘇州的船，運行於江面、湖面和運河之上的，多是藉助風力的帆船；行於小港、淺水之中，則是藉人力搖櫓、划槳、撐篙、拉縴而行。

姑蘇城寫照：

（清）**龔自珍《己亥雜詩》**：只籌一纜十夫多，細算千艘渡此河；我亦曾糜太倉粟，夜聞邪許淚滂沱。

園林勝景

在園林建築方面，蘇州堪稱典範，故有「江南園林甲天下，蘇州園林甲江南」的說法。

園林貴在人工雕琢，講求把建築、花木、水石、禽魚、器具、書畫、文玩等融於一體，做到「雖由人作，宛自天開」。徐揚繪畫《姑蘇繁華圖》期間，正是蘇州園林的全盛時期，畫卷中便繪錄了不少園林勝景。

遂初園坐落在木瀆鎮內，是清初吉安知府吳銓所築。只見疊石穿池，處處花木，全園的樓台亭閣，連綿不斷，遙相呼應。裏面主要建築有掬月亭、聽雨篷、鷗夢軒、凝遠樓等。當時遂初園的盛況，在整個蘇州城都無出其右。

在胥門遠處，怡老園的一角映入眼簾。怡老園是明代王鏊仿照山中景致築園供其老來享樂的地方，故名「怡老」。康熙年間，怡老園改成蘇州布政使司署，而庭園內的幽趣則保留了下來。

兩處園林修建時間不同，卻同樣利用了粉牆、月門、長廊、小徑、漏戶、花窗來借景分隔，互相掩映；身處其中，讓人感到視野廣闊。又就地取材用太湖石疊砌假山，四周植滿花木，配上亭台樓閣，總體上佈景迂迴，「園中有園」，盡顯了蘇州園林的「巧」處。

騎着馬兒跨着驢

畫圖中的蘇州，除了隨處可見的船、轎子等交通工具外，還出現了幾處騎馬和騎驢人的畫面。

由於馬和驢這種「交通工具」的方便和靈活性，加上古城裏橋多、小巷多的地理特點，騎馬和騎驢也成了當時蘇州人不可或缺的一種出遊方式。尤其一些風雅之士，每逢秋高氣爽之日，騎着馬跨着驢相約去郊遊，也是一大快事。

有人將乘船、乘轎與騎馬策驢的不同韻味做了個比較。乘船，可以穿梭沉浮在煙波浩渺之中，讓人盡情飽覽湖光山色，其中樂趣難以筆墨形容；乘轎，遊人軟臥轎上，緩緩在山水之間前行，讓人如在春夢之中；騎馬策驢，可以登山訪幽，一鞭殘照，柳堤逐影，梅驛尋香，那是難得的暢快寫意。

看到騎驢人悠哉游哉漫步橋上的樣子，讓我們也隨着「得兒得兒」的蹄聲，一步一搖地邁入古城，細細地品味其中的繁華與熱鬧。

以轎代步

轎子是蘇州非常流行的出遊工具。當地的橋多，路又崎嶇狹窄，乘坐轎子，既方便又舒適，故大行其道。不過，甚麼人坐甚麼樣的轎，是有明文規定的：三品以上的文官可以乘轎，武官和老百姓一般不可以坐轎，老、弱、病、殘則例外。轎子結構大致相同：一般有頂，頂尖通常會裝銀製或錫製成的轎頂子，座位四周會敞開半截，供乘客環顧外面的情況；轎頂及下半截一般會圍上青呢，其他地方包裹一層布或呢料，俗稱「轎衣子」，可擋風、禦寒。

官轎從抬轎的人數來講，可分為「八轎」、「四轎」、「二轎」；轎衣也有規定，如八轎配綠呢，四轎配藍呢。八轎是規格級別中最高的乘具，蘇州城裏只有督撫及三品以上的欽差官員方可以乘坐，自藩台以下的只能乘坐四轎。

民用轎子就沒有那麼多講究了，前面設有簾子遮擋，或開有圓窗讓坐轎的人可以往外看，乘坐的多是大戶人家的女眷；如果轎子前面全無遮攔，坐轎的通常為男性。畫中的花轎是狀元爺前去迎親的，木製、轎頂飾着藍呢，轎衣是大紅平金繡花緞子；橋頂與橋身銜接的部位精雕細刻，刷上金漆，四角掛上了喜氣洋洋的彩燈，做工不凡。

涼轎通常是上山遊覽用的，把竹椅綁上四根竹竿，露天而坐，可極目遠眺。

姑蘇城寫照

（宋）楊萬里《三月三日上忠襄墳因之行散得十絕句》之一：暖轎行春底見春，遮攔春色不教親。急呼青傘小涼轎，又被春光着莫人。

我的手筆

這裏停的五頂轎子，一看便知是大戶人家使用的轎子。其中三個是竹簾遮擋的，一個是開有圓窗的布簾遮擋的。這時拜堂儀式已開始，幾個轎夫便坐在抬杆上閒着，等待觀禮的人出來。不知道他們是大戶人家的私人轎夫，還是出租轎夫呢？收費又是如何呢？

我的發現：

蘇州官場內視

蘇州是江蘇省的省會之一，同時也是江南地區的政治重鎮，地位十分重要；稅收更是中央收入的重要來源，對中央政治和經濟具有很大的影響力。明清兩代，蘇州都曾發生一些影響遍及全國的政治事件，因此朝廷對蘇州的管治極度關注，重要官職都是由皇帝派遣心腹重臣擔任，很多重要事務也直接指令辦理，而稅收更直接上交中央，地位十分特殊。

據乾隆《蘇州府志》記載，當時蘇州城內的官署，既有省級

的，也有府級和縣級的；三級並存，大小官員以上百計算。蘇州的最高長官是巡撫、布政使和按察使，他們都是省級官員，駐守在蘇州。蘇州作為一個府級城市，最高行政官員是知府。按清代官制，江蘇巡撫與兩江總督同是俗稱「封疆大吏」的地方大員，從二品官，地位類似今日的江蘇省省長。巡撫別稱「撫台」，因此公署又稱為「撫台衙門」。布政使掌管一個省份的民政與財政事務，是僅次巡撫一級的從二品官員。布政使別稱「藩台」，因此布政使司署又稱為「藩台衙門」。按察使掌管一個省份的刑獄及官吏的考核、監察事務，是直接受巡撫指揮的正三品官員。按察使又稱「臬司」，所以按察使司署又稱為「臬台衙門」。

正如前述，徐揚作畫目的是為了「圖寫太平」，歌頌「帝治光昌」，因此着意描繪的是乾隆初年的盛世圖像，官場上的任何不良風習，不可能在畫卷上有所表述。不過，我們從幾處畫家着意描繪的官府場景裏面，仍然可以看到一些側面的反映。而且，畫的雖是蘇州，卻是整個清代官場的真實寫照。

藩台衙門

欽差大臣駕到

蘇州城地位顯要，重要事務都由中央直接委派欽差大臣前往蘇州城辦理。上圖是胥門城牆，胥門內有接官廳，供地方官吏接待貴重來賓。此時在接官廳碼頭上，正上演一幕地方官吏恭迎欽差大臣的場景：中間站着那位穿藍色官服的官員正是江蘇巡撫，看來正跟身旁的官員商議着迎接欽差大臣的事。巡撫左邊的衙役手持着禮盒，右邊則準備好了一乘藍呢大轎，轎後面有黃羅大傘，儀仗隊及抬轎衙役在轎側靜待着，遠處豎立着「肅靜」、「迴避」字樣的牌子。這樣一副嚴陣以待的架勢，足可以想像當時地方官吏對欽差大人的重視程度了。

遠渡而來的欽差大臣在哪裏呢？碼頭邊靠着幾艘貨船，衙役正忙着把欽差大臣帶來的物品運送上岸。近處停泊着一艘官船，船首站着兩名準備登岸的官員，船尾艙內幾名欽差大臣的眷屬好奇地探頭張望。

再後面一點的江面上停着一艘官船，甲板上斜插着兩塊分別寫有「欽命」、「部堂」的牌子，這艘官船上乘坐的便是欽差大臣本人了。官船旁停靠着一隻由岸上派來迎接的引船，一名官員從小船登上官船，正向船首的欽差大臣行禮，並將代表巡撫大人請示一眾進城事宜。

按照清代官制，六部尚書、侍郎和總督一級的官員都可稱為「部堂」。欽差能稱「部堂」，官位必在巡撫之上，難怪貴為「一省之長」的巡撫大人也要親身恭迎，打點場面了。清代官場禮節排場之隆重，官員等級排位之分明，由此也可見一斑。

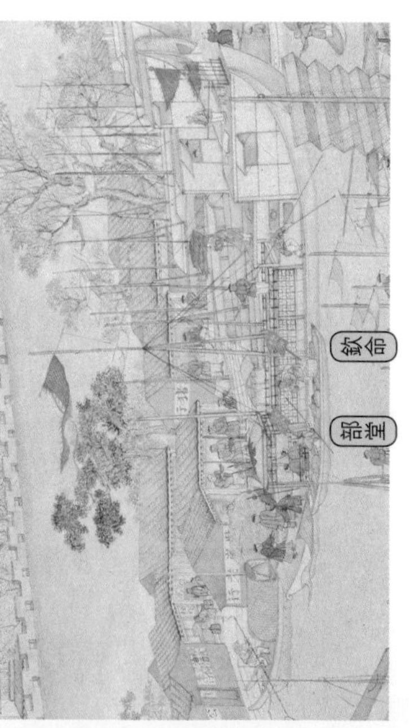

吆喝開道的官員出巡

清代官員喜歡「擺官譜」、「講官派」，也就是講究做官的排場、派頭。尤其在百姓面前擺弄官場派頭，最顯威風。所以每當官吏出巡，必有儀仗；官愈大儀仗愈多。

在蘇州城胥門外懷胥橋一段繁鬧熙攘的商業街上，正有兩名官員出巡，惹來不少轟動。這兩名官員的儀仗不多，由幾名衙役組成，看來品位不高。最前方的兩名衙役拖着毛竹大板，大聲吆喝，負責開道；尾隨一名高舉黃傘的衙役，其後各有兩名戴黑帽和戴紅帽的皂隸手執皮鞭，充任馬前護衛，保護着乘馬而來的官員。

值得注意的是，儀仗雖然不多，但兩名衙役鞭板開道，威勢仍然十足。街上行人全都後退讓出通道，肅立兩旁不敢妄動，顯然被衙役的吆喝聲震懾住了。一般官員出巡，威勢尚且如此。假使欽差部堂要出巡視察，情況又會怎樣呢？

藩台衙門

《姑蘇繁華圖》內重點描繪了兩處地方官署，藩台衙門正是其中之一。

藩台衙門的建築是由明代王鏊的怡老園改建而成，「大門西向，儀門南向」的特色仍被保留下來。衙門的外門叫做「轅門」，門外有四個冠上插有野雉毛的刀斧手正在街上巡邏。轅門兩側寫有「解餉」、「投文」、「放告」的字樣，表明了衙門只辦理發放餉銀、接納訴訟、公佈告示一類的公務。轅門裏有一幅麒麟照牆，據說用來告誡官員要「仁者為人」；照牆附近擺放了一個插上三支長戟的瓶子，寓意衙門主人能夠「平升三級」。大門兩邊是鼓吹亭，亭裏坐滿了穿戴紅衣帽的吹鼓手，專責迎送官員時奏樂，用來振顯官威。大門之後是儀門，上有對聯：「帝德如天、臣心似水」，示意為官要清正不貪。

布政使大人大概要出行了，所以北轅門準備了轎馬侍候，南轅門就擠滿了一群儀仗隊和侍從，他們有的手持「江蘇布政使司」官牌，有的手執飛虎旗，刀槍錘鏈等武器刑具。旁邊小巷還擺放了「迴避」、「肅靜」的牌子和大旗等物品，可以想見出行儀仗必定是陣容壯大，威武十足。

一批一批役夫把貼滿交叉封條、裝滿銀兩的木桶陸續從轅門外送進後堂，堂內眾官員和衙役則忙着進行抽查、點算和入庫。原來藩台掌管財政，在衙門內設置了「藩庫」，正是貯存蘇州城官府銀兩的地方。如此機關重地，難怪轅門外守衛森嚴了。

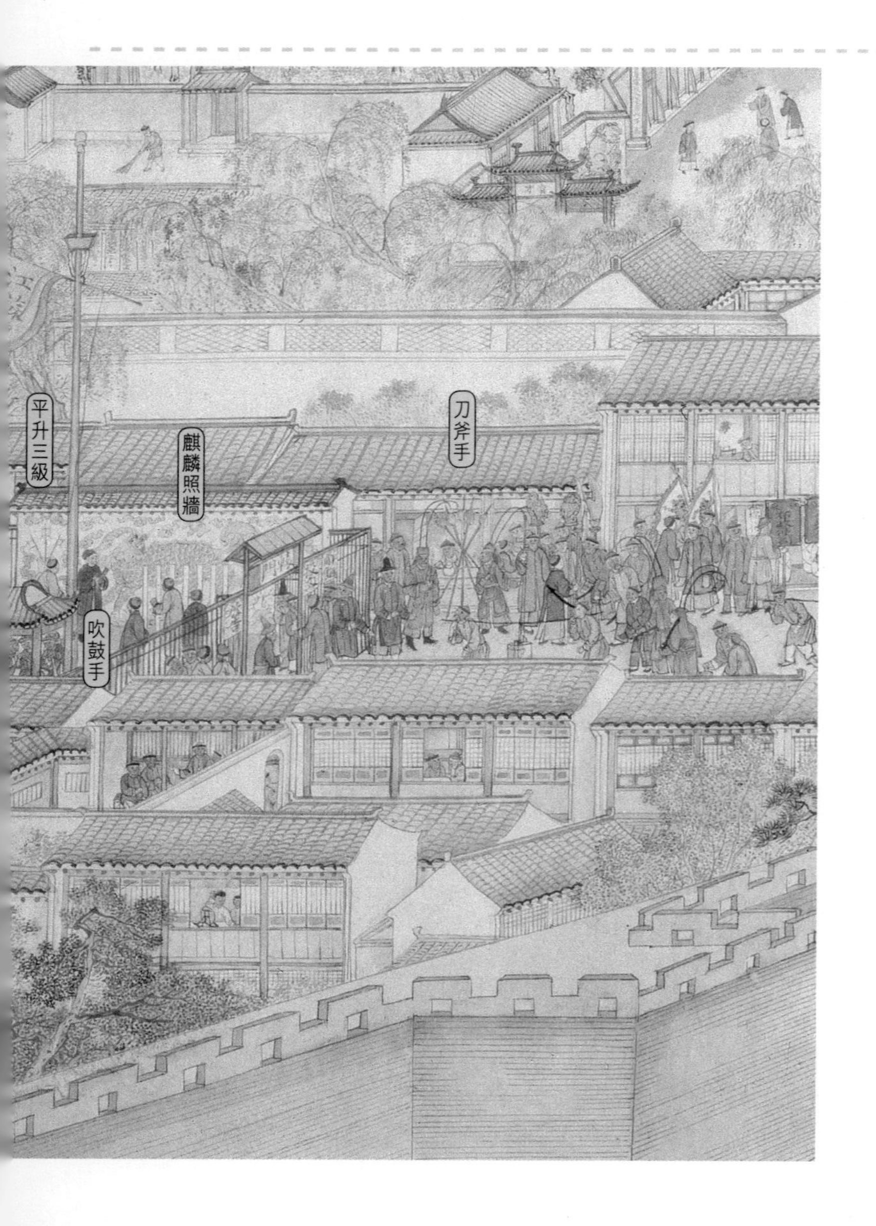

轅門
儀門

官宦家的壽宴

蘇州人生活奢靡，民間流行宴會祝壽，做官的更不含糊，排場尤為講究。木瀆鎮東安橋外的遂初園內，有一場豪華的壽宴正在進行中。

遂初園是蘇州名園，壽宴的主人必然來頭不小。賀壽的客人絡繹不絕，客人中除一般紳士外，還有不少官員，在大門、儀門外都有幾名負責接待的家屬侍從，忙着與來賓拱手作揖，恭謙相迎。這時兩個僕人正把客人送來的三層禮盒抬進後院，至於前門、側門、岸邊，還有不少僕役把源源不斷的賀禮搬進來。禮多而貴重，側面反映了主人家的尊貴。

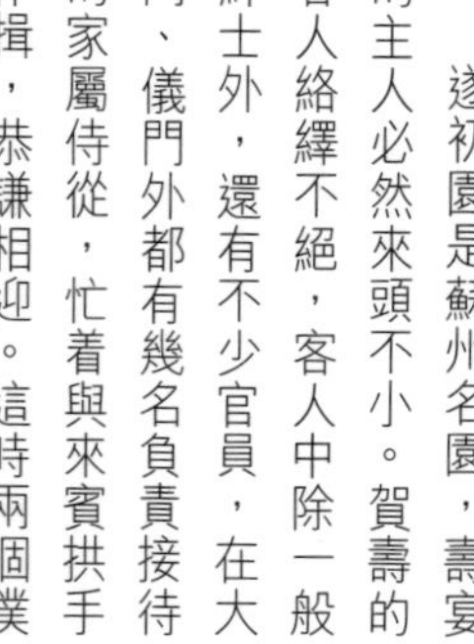

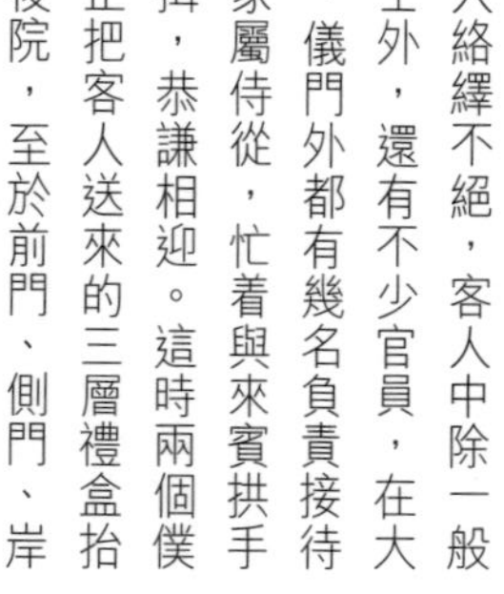

壽宴的主人在哪裏呢？原來，在更深處的一座捲簷式大廳裏，熱鬧的場面正在進行。堂內中心鋪着花氈，正在上演南戲《白兔記》；主人坐在堂內正面，兩邊坐滿賓客，正看得津津有味。細看過去，主人兩側坐着兩名官員，每人面前一張方桌，桌子圍有幃布，擺着餐具。其餘客人坐在兩側，兩人一桌。顯然他們都是身份特殊的貴賓，所以用「專席」侍候。簷下周邊張燈結綵，整個廳堂富貴華麗。客人雖已入席，堂上南戲正在上演，而堂外幾名僕役仍在等候上菜，按照蘇州官宦之家每逢宴會「水陸珍饈多至數十品」的慣例，這場宴會看來仍會持續一段時間才能結束。至於豪華筵席花費多少？有可能如《紅樓夢》中劉姥姥所說：「這一頓的錢夠我們莊稼人過一年了。」

姑蘇城寫照：

（清）葉夢珠《閱世編》：肆筵設席，吳下向來豐盛。縉紳之家，或宴長官，一席之間，水陸珍饈，多至數十品，即士庶及中人之家，新親嚴席，有多至二、三十品者，若十餘品則是尋常之會矣！

文治武備並重

校場是較量武藝、演練軍事的地方，清代各重要城鎮都有設置，給駐紮當地的軍隊使用。校場在蘇州城北的齊門下方，佔地很廣，前面有白石牌坊，中間部分是演武廳，後面高台上的廳堂就是檢閱台。校場兩邊站滿了士兵，有兩人騎着馬在場中奔馳，進行騎射演練。按規定，騎術要求能騎生馬、烈馬，而射術要求能射中幾十步開外掛在高處的彩綢。要達到這些標準，非長時間花氣力下死功夫不可。

乾隆皇帝即位後，看到當時的八旗子弟入關後安於享樂，遊手好閒，特意提倡教場比武，藉此警誡他們不可一日荒廢武藝。更規定做官的必須熟習兵馬，而各地參加科舉考試的童生，在通過鄉試、縣試後，也須騎射測試合格後才能參加府試。這個校場演練的場景，正展現了乾隆文治不忘武備的治國之道。

姑蘇城寫照：

（清）昭槤《嘯亭雜錄》：本朝初入關時，一時王公諸大臣無不彎強善射，國語純熟。居之既久，漸染漢習，多以驕逸自安，罔有學勤弓馬者。純皇習知其弊，力為矯革。凡有射不中法者，立加斥責，或命為羽林諸賤役以辱之。凡鄉、會試，必須先試弓馬合格，後許入場屋，故一時勳舊子弟莫不熟習弓馬。

正在進行的府試

畫卷內重點描繪的另一處地方官署是蘇州府衙署，也就是知府衙門，當時衙署內正進行着一場緊張的考試——府試。

按照清代的制度，所有經縣試取錄的士人，都可以參加府試。合格後可參加院試，院試取錄的士人成為生員，就是秀才。未取錄前一律稱作童生。

圖中的府衙有兩進院落，考試便在後院進行。這時院內披紅掛彩，應試童生兩人合用一桌，一排排坐在設於「六曹廊廡」的考場內，正在埋頭答卷。廡上掛着「禮部」、「吏部」、「戶部」的短額，說明這些地方原是各部辦公場所，臨時用作考場。院子後面是建在高台之上的大堂，主考官端坐堂上，兩旁有捕快及皂隸肅立守衛。由於考試正在進行中，大門、儀門重重關閉，各有官員嚴密看守，氣氛嚴肅。儀門外還站着幾名監考官吏，正在聽候主官分配工作；另有衙役正在吹角鳴金，好像宣佈考試時間已結束。至於府衙大門前臨時豎起了「天開文運」的橫匾，左右轅門站滿了執事官吏和圍觀者，很是熱鬧。

有趣的是，衙門西邊的各式商店，都懂得把握機會爭做利市生意，店內除擺放了各式應試用品，還在牆上掛起寫有「狀元糕」、「狀元考具」、「三場名筆」等吉祥字樣的市招，迎合了考生偏好彩頭的心理。

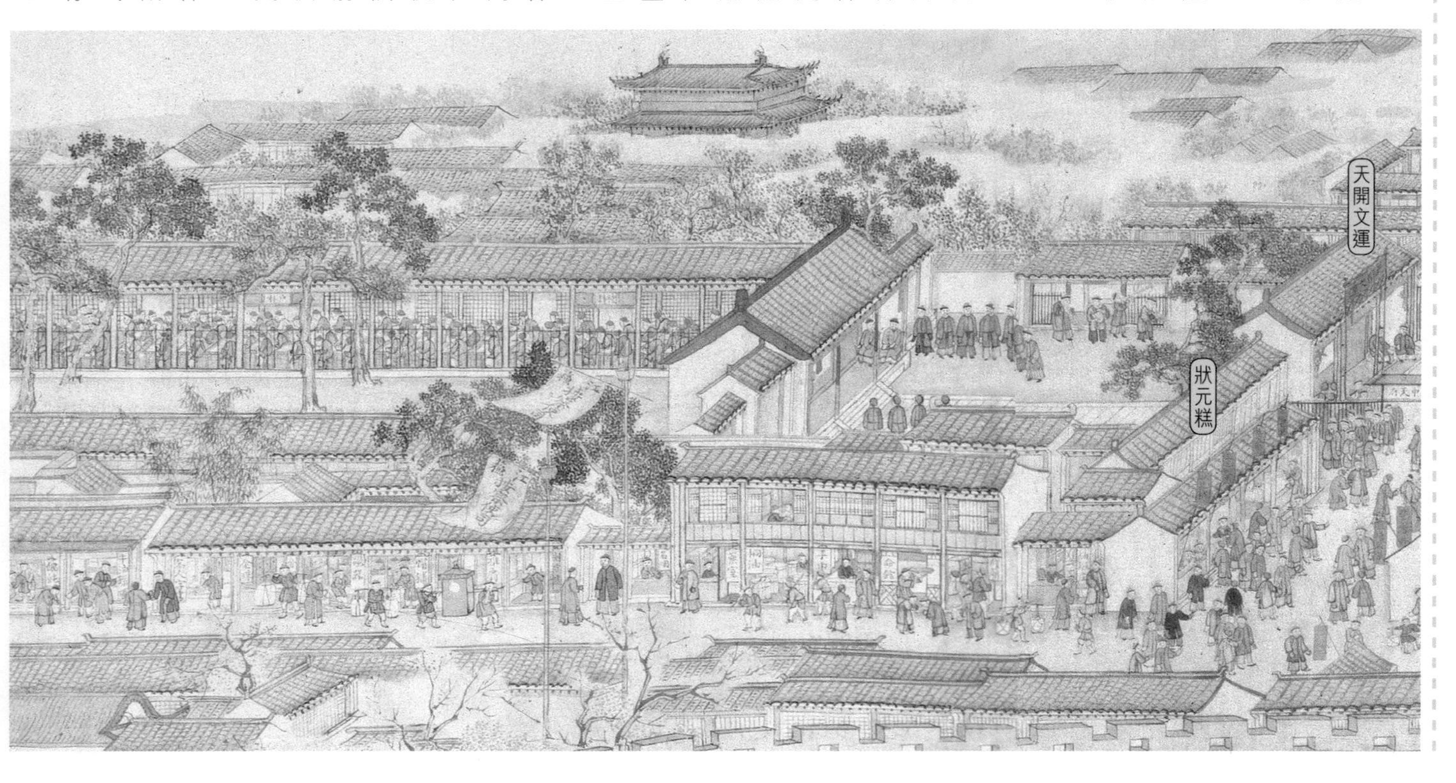

我的手筆

府試現場看起來氣氛緊張，童生埋着頭答卷。若仔細觀察會發現每隔幾張桌子，就有一個與童生相對而坐的監考官，抬着頭認真觀察着考生的動向。戒備這樣森嚴，當年考生的作弊情況是否很嚴重呢？府試場外商店林立人聲嘈雜，考生會不會受到影響呢？

我的發現：

讀書人的狀元夢

四大喜事中，「洞房花燭夜，金榜題名時」常常是相提並論的。這是因為在新科放榜那天，城裏的麗人傾城出動，如果相中了哪位進士，就讓父母找媒人去提親；一些達官顯貴也會借機挑選佳婿；連皇帝也會利用賜宴新科進士的機會，為公主挑選狀元郎為駙馬。久而久之，「金榜題名」與「洞房花燭」就密不可分地聯繫在一起了。

此處正是描述這樣一個幸運兒，在極盡鋪張下，一路吹吹打打的前去迎娶新娘子的場景。他們乘坐一條寬敞豪華的大船，正前方有一隻小船負責開路。小船上的差役高舉着寫上「翰林院」、「狀元及第」的官燈，氣派十足；大船的斜前方還有一隻載着吹鼓手的小船，他們敲鑼打鼓，鑼鼓喧天，引來大批行人和住戶的觀望和議論。

最引人注目的還是那艘張燈結綵的大船。船頭放着一頂十分考究的大紅花轎。轎子前方有一人手中持鑼，想是鳴鑼開道之意；只有兩個女眷還坐在船艙內向外觀望，其餘人等全都迫不及待地站到船頭上去，還在不停地商議着甚麼。其中有兩三個披了紅綢的人，大概就是新郎和伴郎吧。

這幾艘迎親的船隊在眾人的艷羨目光下，緩緩地駛過熱鬧的木瀆鎮，引發着更多的讀書人做他們的科舉之夢。

我的手筆

這艘張燈結綵的大船上，最引人注目的就是這台花轎，轎頂飾着藍呢，轎衣是大紅平金繡花緞子；橋頂與橋身銜接的部位精雕細刻，刷着金色的漆，四角還掛上了喜氣洋洋的彩燈。船頭還有兩個大鈎，它們有甚麼作用，你看出來了嗎？

我的發現：

唯有讀書高

蘇州人才輩出，科舉考試的及弟人數冠絕全國。據清代進士題名錄統計，清代狀元共一一四人，其中二十四人出自蘇州，除了和蘇州城的文化底蘊積聚深厚有關，還得力於良好的社會氛圍和書院教育的發達。

自從宋代名臣范仲淹在蘇州孔廟開辦學校以後，歷代蘇州官府都積極參與教育工作，府學、縣學紛紛開辦，造就了不少蘇州人才。圖中孔廟的大成殿矗立在一列庭院之內，這便是蘇州縣級官府開辦的學校——「縣學」的所在地。這處規模宏大，環境清幽，藏書又多，確是讀書人砥礪學問的好地方。民間方面，蘇城富商紳士為了讓子弟在科舉考取好成績，會高薪聘請塾師在家教育子弟，其次是進入由名師主持的私塾就讀。在遠處的靈巖山山前村一家書塾裏，就有塾師向學童授課，塾役在外面灑掃的場景。

此外還有義學。山塘街上就有一所，裏面有三間書屋。一間書屋內，塾師正在訓導兩名學童，其中一個被罰下跪，一個正在聆聽講解；七個學童在兩間書屋內研習，還有兩個在大門處正在前來上課。乾隆年間，為了讓貧寒子弟有讀書機會，蘇州各處的義莊先後開辦了八間義學，這裏應該便是其中一間了。

姑蘇城寫照：

（明）王琦《寓圃雜記》卷五：吾蘇學宮，制度宏壯，為天下第一。人材輩出，歲奪魁首。近來尤尚古文，非他郡可及。自範文正公建學，將百年，其氣愈盛，豈文正相地之術得其妙歟！

萬商雲集

蘇州地區土地肥沃，作為「江南糧倉」，一直備受重視。可是蘇州地域狹小，人口眾多，在農村生產人力過剩下，很多農村人口都轉向手工業和商業發展，加上蘇州人喜歡也擅長做生意，因此到了乾隆初期，蘇州已發展成東南地區最繁盛的商業城市。

從畫卷所見，蘇州城內商業發展最為興旺的地段，集中在蘇州城的西面，即胥門到山塘街一帶；其中又以胥門至閶門之間最為熱鬧。從閶門城牆外僅僅一條商業街就密集了藥行、炭行、燈行、酒行、布行、綢緞行、顏料行等三十多種店鋪，蘇州城的繁華熱鬧可見一斑。

收錄在《姑蘇繁華圖》中的店鋪市招，共有二百多家。除了上面提到的，還有油糧行、珠寶玉器行、南北雜貨行、蓆草行、竹行、煙草行、衣莊、棧房、錢莊、浴堂等，真是「三百六十行，行行俱全」。

當然，蘇州的商業並非只限於蘇州地區的物資交流，從「雲貴川廣雜貨」、「川貢藥材」、「南京板鴨」、「金華火腿」、「膠州醃豬」等市招可以了解到，全國各地的貨物都集中到蘇州來，並且透過蘇州貿易再輻射到全國各地。

值得注意的是，在可以辨認的二百六十多個市招中竟然還有兩家「洋貨行」。要知道康熙鎖國以後，海外貿易雖然沒有絕跡，卻絕不發達，而舶來品仍能透過各種管道出現在繁華市街中，蘇州城的商貿能力究竟有多巨大，可想而知了。

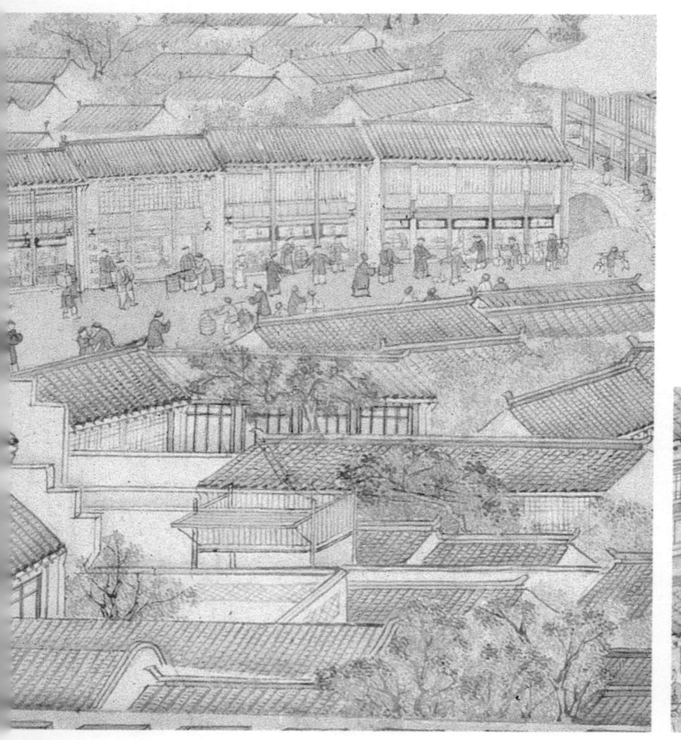

姑蘇城寫照：

嘉慶《吳邑志》：大率吳民不置田畝，而居貨招商。

光緒《震澤縣誌》：震澤多以貿遷為業，往來楚蜀，經年不返，習以為常。

(清) 納蘭常安《宦遊筆記》卷一八：南廒在蘇城閶門外，為水陸衝要之區，凡南北舟車，外洋商販，莫不畢集於此。居民稠密，街弄逼隘，客貨一到，行人幾不能掉臂。近人以蘇杭並稱為繁華之郡，而不知杭人不善營運，又僻在東隅。凡自四遠販運以至者，抵杭停泊，必卸而運蘇，開封出售，轉發於杭。即如嘉、湖產絲，而綢緞紗綾，於蘇大備，價頗不昂。若赴所出之地購之，價反增重，貨且不美。

絲綢棉布貿易

蘇州地區盛產絲綢、棉布，素有「絲綢之鄉」的美譽。出現在蘇州城內的絲綢行、棉布店，大多資金雄厚，做的都是大宗買賣。《姑蘇繁華圖》中出現的絲綢店鋪有十多家，大部分店鋪都由多個門面組成，規模宏大，經營各種紗緞、綢緞、紗羅、綿綢、貢緞、八絲的買賣。

設於萬年橋黃金地段的絲綢店，由六間門面兩層樓房構成，門上掛着「本鋪揀選漢府八絲，粧蟒大緞、宮紬繭綢、嗶吱羽毛，等貨發客」的招牌，清楚説明了經營範圍及貿易方式。它的規模之大，品種之齊全，該是當時最有實力的龍頭商號之一。

另外，畫卷出現的棉花棉布店鋪有二十多家，這些布行門前大多掛上「崇明大布」、「青藍梭布」、「太倉棉花」、「松江大布」等市招。松江府和太倉州都是清初有名的棉布生產地，由此可見當時蘇州城已是全國棉布的集散地。據乾隆時期的《長洲縣志》記載，蘇州城的布業大商號都集中在閶門的上下塘一帶，內部分工極細，漂布、染布、看布和布行管理都各有專責人員，為客人提供採購、加工、銷售一條龍式的綜合服務。

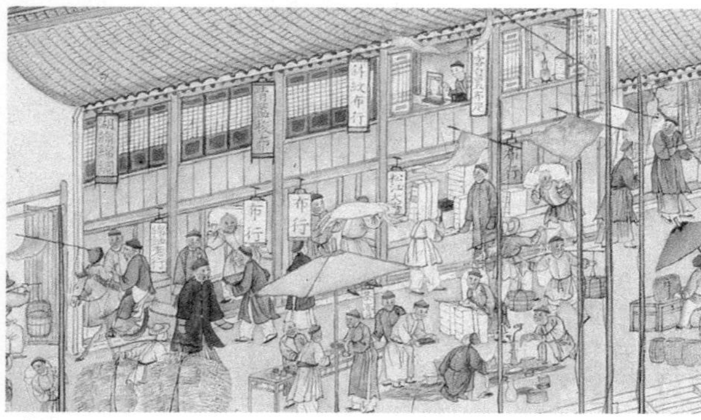

名店薈萃

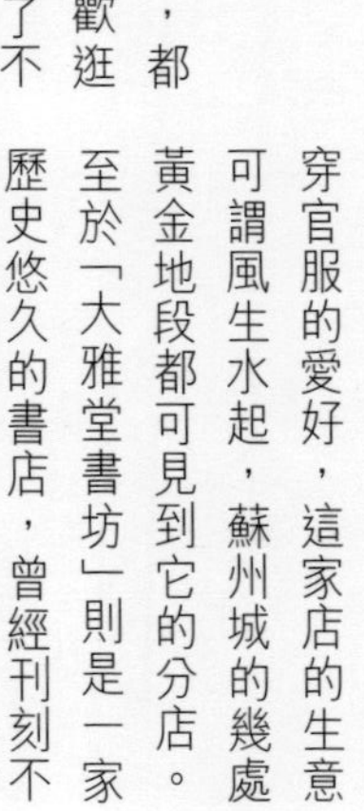

但凡商業發達的地區，都有名店進駐。蘇州人喜歡逛街，追求時尚，自然造就了不少名店。在道光年間，以招牌、地名、人名作為標誌的名店就有五十三家，可見蘇州城名店之多。如「三珠堂扇袋」、「朱可文香飾」、「錦芳齋荷包」等，都是當時服飾業中的名牌。

《姑蘇繁華圖》裏記錄了兩家名店，分別是「三進齋」和「大雅堂書坊」。看到「三進齋」的招牌，你可別被這個「齋」字給糊弄了，以為這是個字畫古玩店。其實這是一家享有盛名的衣飾店，專售滿清貴族及官員的服飾。由於蘇州人素有穿官服的愛好，這家店的生意可謂風生水起，蘇州城的幾處黃金地段都可見到它的分店。

至於「大雅堂書坊」則是一家歷史悠久的書店，曾經刊刻不少明代的名著，是蘇州讀書人必定光顧的地方。

小攤販做生意

小攤販在人潮洶湧的街頭放下擔挑，就地叫賣，花樣百出地招攬生意，是蘇州街頭常見的景象，也是組成蘇州商業網絡不可缺少的一部分。他們有些是蘇州城最底層的生意人，有些則是棄農從商的農民。

從《姑蘇繁華圖》所見，這些販子大多是流動性的，在蘇州城各處繁華地段，一定能找到他們挑着貨物，四處遊走叫賣的身影。也有不少攤販是定點的，例如在萬年橋上兩側，就有一些攤販每天按時出現在固定的地盤，把貨品擺放在路邊的席子上，與顧客熱烈地討價還價。流動販子經營的都是些生活用品或低檔次的物品，而在萬年橋上，卻有人在販賣筆筒、硯池、茶具等較高檔次的文玩，有人在販賣布料，有人擺出了字畫，還有人挑着擔子在駐足觀望，彷彿正在考慮要不要把擔子放下來，就地擺賣呢。可見這個人文薈萃的城市，俗雅並全，包羅萬象。

飯店、客寓、浴堂

蘇州城是當時江南的經貿中心，商賈往來不絕，造就了各式服務行業的出現。

在各類服務行業中，餐飲業最為發達。城中各種各樣的酒家、飯館共二十多家，更有不少售賣「餛飩」、「大肉饅頭」、「三鮮大麵」的小吃店，為往來商賈解決口福之慾。

胥門姑蘇驛附近，是南北商旅的必經之地，於是幾家「客寓」、「棧房」都不約而同在這裏開店。不過這些客寓環境都很一般，卻收費不菲，因此很多客商都選擇入住各省會館，以便節省開支。

此外，為了洽成生意，不少大商號都在樓上特別設置交易室和議事廳，方便討論合約細節。一些「茶室」、「酒館」應運而生，除了為當地居民服務，也為士紳商賈提供一處清幽的交流場所。不過，大多商賈還是喜歡去「香水浴堂」這樣的澡堂，可以一邊跟客人交流洽談，一邊享受舒服愜意的洗浴服務，一舉兩得，不亦快哉！

船行漕運

蘇州城是一個水上城市，河道交集，貨物運輸主要還是靠水運。相應地，很多倉庫、貨棧也都設置在碼頭附近。

在蘇州城裏，用來輸送物資的水上運輸工具是漕運船。漕運船也叫量船，船體寬大平底，最適宜裝載糧食，經常運行在運河之上，擔負着南糧北運的任務。

「船行」是專門負責安排水上運輸的商行，它同時提供代客運輸商品和運送客旅的服務，跟今天我們所了解的「船務公司」的業務相近，船行運送貨物程序一般為：清點貨物、簽訂合約、收取訂金、正式付運。這是一套非常簡潔實用的程序，也是現今船務公司運作的雛形。

《姑蘇繁華圖》裏收錄的船行有三家，均設置在胥門至閶門的地段上。毫無疑問，這裏是蘇州城裏貨物最集中、水上運輸最繁忙的地段。我們可以看到碼頭邊停泊着大大小小的漕運船，還有不少工人忙忙碌碌搬運貨物的情景。

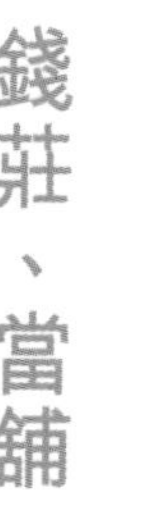

錢莊、當鋪

蘇州城既是商貿中心，金融業自然十分發達。

錢莊是銀行的前身，主要從事銀兩和製錢兑換的業務，後來逐漸兼營匯兑和存放款的業務。由於錢銀兑換的需求很大，也出現專門做兑換業務的「兑莊」和「兑換錢莊」，甚至有經營其他行業的店鋪貼出兼營「兑換銀錢」的市招。在《姑蘇繁華圖》裏，這類店鋪共收錄了十三家，幾乎隨處可見，可見當時蘇州城的商貿經濟何等興盛。

跟錢莊相關的行業是當鋪，專門提供物品抵押的服務。在畫卷裏僅此一家，設在木瀆鎮商業較為冷清的西區地帶內，針對的顧客估計也是以農民及一般平民百姓為主。據說乾隆初年時蘇州鄰近數縣有當鋪二百多家，這裏可說是當時農村逐漸被商品經濟侵蝕的一個剪影。

童叟無欺與不二價

細看《姑蘇繁華圖》描繪的商業繁華地段，我們不難發現一個有趣現象：在一些店鋪的外牆上，貼有大幅「公平交易」、「童叟無欺」等宣傳廣告，字體相當醒目；而一些衣莊，就貼有「不二價」的市招。

為甚麼「公平交易」、「童叟無欺」這類商業道德規範會以市招的形式出現在店鋪的牆上呢？也許是個別商戶表明自己立場，也可能是某些行業商會為規範整個市場環境而做的推廣宣傳。不管怎麼説，它反映了當時蘇州城的店鋪交易裏存在一定的欺詐現象，已經動搖了各地客商的信心。這些市招的出現，是自律性的聲明也好，是有關商會善意的警示也好，還是能對整個交易環境的改善起到一定的作用。

至於幾家衣莊都不約而同貼出「不二價」的市招，足可見當時蘇州人喜歡討價還價、斤斤計較的程度了。至於這些標榜「不二價」的商店是真的貨真價實還是把它當作另一種招攬生意的手段，就不得而知了。

姑蘇城寫照：

康熙《蘇州府志》卷二一《風俗》：市井多機巧，能為偽物。始與交易，則出以嘗試，外若可觀，非信貨也。能辨識之，然後出其佳者，價亦相去什佰。

生產作業

蘇州素有「魚米之鄉」和「江南糧倉」的美譽，在二百多年前，蘇州在全國的漁農產銷方面佔有重要的地位。這裏自然環境優越，地勢平坦，平原遼闊，環江抱海，湖泊河港縱橫交錯，水土資源豐富。在這樣的資源優勢下，蘇州農民採取了精耕細作的耕種方式，使農作物產量大增，而漁民就因應環境變化，因水制宜，捕魚方法多變。加上農民、漁民都能吃苦耐勞，決定了蘇州地區的農業生產、漁業收獲一直處於全國的領先地位。

另一方面，由於賦稅繁重，為了幫補生計，作為農民「副業」的手工業在清代初年也蓬勃地發展起來。其中以絲織業和棉紡業最為發達，絲綢和棉布暢銷全國，有「衣被天下」之稱。而能工巧匠所製作的各種手工藝製品精美絕倫，由各式冶坊燒製的器具也質地優良，久負盛名。南北各地的商賈因此匯聚到蘇州城內，採

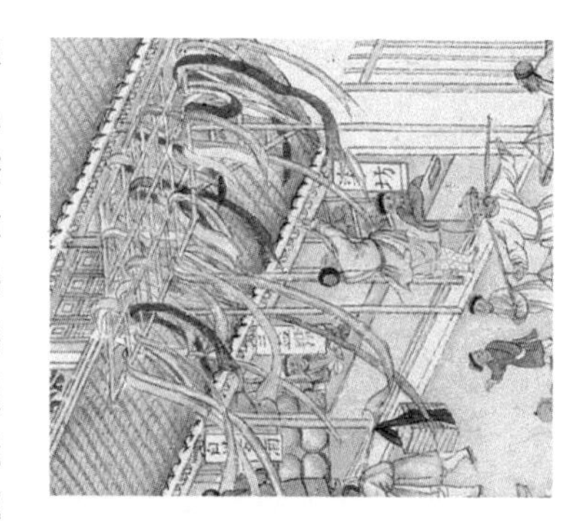

購這些具有蘇州特色的精美手工藝製品，並把銷售範圍輻射到全國各地。

在《姑蘇繁華圖》裏，畫家描繪漁農生產以及手工作業的畫面並不多見，集中在畫卷的上半部分，也就是進入蘇州城之前的鄉郊地帶，山前村、木瀆鎮、石湖以及獅、何二山等區域內。至於銷售手工藝品店，除了絲綢布帛的銷售能散佈在村、鎮、城的各處商業街道外，一些富有蘇州地方色彩的手工藝品比如涼席、漆器、竹器等更多出現在閶門以外山塘街到虎丘一帶，形成了跟鎮內、城內不一樣的商貿風景。

姑蘇城寫照：

（唐）韋應物《登重元寺閣》：始見吳郡大，十里鬱蒼蒼。山川表明麗，湖海吞大荒。合沓臻水陸，騈闐會四方。俗繁節又喧，雨順物亦康。禽魚各翔泳，草木遍芬芳。

耕者歌於野

打開《姑蘇繁華圖》的畫卷，首先進入我們眼簾的是靈巖山下的山前村以及小村周邊一片寬闊的農田。田裏有一群農夫，有的揮舞着鋤頭，有的在澆水施肥，也有的三五成群在聊天談笑。鄰近的農地上，有拖着牛犂地的農夫，放牛的牧童……在清晨薄霧的映襯下，山腳下的這個小村莊裏呈現出一派繁忙和諧、欣欣向榮的景象。這正是畫家徐揚想要刻意展現給世人的「耕者歌於野，行者咏於塗」的畫面。

然而這副繁榮的景象背後，農民卻有他們難以言說的苦處。清代江蘇地區賦稅之重聞名全國，而蘇州的田賦更是重中之重，農民終年勞碌卻只能掙扎在溫飽線上。賦稅的沉重負擔加上徵稅制度的不完善，導致小農戶苦不堪言，有限的田產逐漸被大農戶所侵吞。久而久之，有些農民窮得連耕牛都買不起，最後只得靠典當度日，這也是鄰近地區當鋪愈開愈多的原因。反觀蘇州城內，商業發展迅猛，居民生活富足，於是愈來愈多的農民放棄了種田，湧向城市，轉而從事工商或其他手工業。這種情況在乾隆皇帝在位後期更趨嚴重，是徐揚創作畫卷時所不能料及的。

姑蘇城寫照：

（明）何良俊《四友齋叢説》：昔日逐末之人尚少，今去農而改業為工商者三倍於前矣。昔日原無遊手之人，今去農而遊手趁食者又十之二三矣。大抵以十分百姓言之，已六七分去農。

（清）趙曾《吳中田家歎》：吳中賦税一何重，雲是天庾充正貢。可憐胼胝三時勞，租税才完室已空。今年雨暘喜歲收，江南處處歌有秋；川楚估船今又到，田家饑餒何須憂？縣倉已開價不起，官家要錢不要米。二斗賣得一斗錢，吳中依舊無豐年。

（清）馮桂芬《顯志堂稿．均賦議》卷五：今蘇屬完漕之法，以貴賤強弱為多寡。不惟紳民不一律，即紳與紳亦不一律，民與民亦不一律；紳戶多折銀，最少者一石二、三斗當一石，多者遞增，最多者倍之；民戶最弱者，折銀約三、四石當一石，強者完米二石有餘當一石，尤強者亦完米不足二石當一石。

斜風細雨不須歸

蘇州枕江倚湖，水域遼闊，造就了漁業的發達。如《姑蘇繁華圖》畫面所見，漁民的捕魚方法多種多樣：有定點佈置魚網，等候魚群上釣的；有撒網捉魚的；有圍起柵欄養育魚苗的；有使用舴艋船，一人搖櫓一人捕魚的。漁家在捕魚之外，還經營多種輔業，比如種菱藕，飼養鵝鴨等等，用來幫補生計。

很多漁民一輩子都是以船為家的，一家老少終年就住在船上，船就是他們流動的家。當男人們出去捕漁時，老弱婦孺就留在岸邊的船上，孩子們趁機上岸去玩耍，婦女們此時就忙着洗衣服、做飯，操持家務。

遠遠看過去，「青箬笠，綠蓑衣，斜風細雨不須歸」，漁民的生活多麼寫意。可這終究只是文人眼中的風景。實際情況是怎樣的呢？可以想像一下，終年待在船上狹小局促、擁擠不堪的空間裏，整日漂泊不定，漁民的生活其實是相當清苦的。

姑蘇城寫照：

（唐）張志和《漁歌子》：西塞山前白鷺飛，桃花流水鱖魚肥。青箬笠，綠蓑衣，斜風細雨不須歸。

我的手筆

和風習習，碧波鱗鱗，歪脖柳樹下，辛勞過後漁民把各自的漁船緊靠在一起，老的、少的把酒言歡，吃得不亦樂乎。還有一人遠眺石湖的美景看得出神，不知道他是否在想明天會有多少漁獲？

我的發現：

絲織作坊

蘇州城並沒有大規模的私營手工業工場，大多是小型作坊，其中又以絲織作坊為主。這些絲織作坊稱為機戶。大機戶一般從外面聘請技師和幫工；小機戶的作坊一般就設在自己家中，各家庭成員分擔着絡絲、搖緯、牽經、上漿和紡紗等工作。圖中一處家庭式作坊內，架上緊綳着一疋長長的白色經紗，兩個婦女正在進行整理、上漿的工序。乾隆初年，這些家庭式機戶數目過萬，隊伍龐大，並集中在蘇州城的東北面。

蘇州城裏的大布行一般都設有專職人員定期向機戶採購織布，然後交到染坊進行洗淨、漂染和晾曬等一系列工序，最後成為各式各樣色彩絢麗的蘇布，再經布行門市銷售給南北的客商。「四方重吳服」，蘇州的絲綾棉紡冠絕全國，地位尊崇，一直到光緒年後才逐漸被上海取代。

姑蘇城寫照：

乾隆《蘇州府志》卷三：明萬曆，蘇民無積聚，多以絲織為生。東北半城皆機戶，郡城之東，皆習機業。織文曰緞，方空曰紗。工匠各有專能。

四方貴吳器

蘇州城製作各種陶器、金屬器皿的冶坊雖然規模不大，但明清時期就已頗為聞名，故有「四方貴吳器」的説法。《姑蘇繁華圖》中繪錄的銅器、錫器、鐵器、窰器、瓷器等店鋪就有十多家。圖中所見是石湖越城橋畔的一家鐵鋪，高高飄揚着「成造田器」的市招，店裏伴隨着熊熊的爐火，兩名鐵匠正在揮汗如雨，鍛打農具。

雖説最著名的陶器是出自江西景德鎮的，不過蘇州的缸罈窰作也毫不遜色。在清代時它被稱讚為「堅細無比」。磚瓦製作方面，明代的時候，官窰專製御用細料方磚瓦就赫赫有名，當然民間產的磚瓦質素也甚高，連《金瓶梅》書中都讚其「細膩光滑」。從畫卷還可看到，熙來攘去的船隻上很多都是裝載着各式瓷器磚瓦，準備運往全國各地。

姑蘇城寫照：

（明）張瀚《松窗夢語》：四方重吳服，而吳益工於服；四方貴吳器，而吳益工於器。

奇巧甲天下

蘇州地理環境優越，資源豐富，工匠重視用材造型，工藝品製作精良，當時就有「工技之屬，奇巧尤為天下甲」的稱譽。城中珠寶玉器店、扇子店、竹器店、漆器店、燈店、涼席店等隨處可見，畫卷中收錄的就近三十家。可見手工藝品交易受到南北商賈重視，是蘇州經濟重要支柱之一。

蘇州的玉器工藝，可謂聞名全國，早有「良玉雖集京師，工藝則推蘇郡」的說法。扇店集中在山塘一帶，主要出售葵扇和團扇。團扇的材質大多是柔軟精細的絲或者絹，上面或畫或繡，工藝細緻精美，令人愛不釋手。竹器也是蘇州的特色工藝，比較有代表性的是：「紫竹器」、「竹藤籃」、「竹夫人」。燈具裏的「萬眼羅」、「夾紗燈」、「琉璃燈」等奇巧精緻，廣受歡迎；而「虎丘名席」更是暢銷全國的手工製品，《姑蘇繁華圖》僅從山塘到虎丘就繪錄了三家席店，這些店裏豎着各式涼席，從揀草、打草、織紋到印花的每道工序都能根據客戶的要求來「定織」，難怪造訪蘇州的人都會專程趕到虎丘，只為求得一「席」。

姑蘇城寫照：

（明）文震亨《長物志》：姑蘇最重書畫扇，其骨以白竹、椶竹、烏木、紫白檀、湘妃、眉綠等為之，間有用牙及玳瑁者，有圓頭、直根、縚環、結子、板板花諸式，素白金面，購求名筆圖寫，佳者價絕高。

（清）顧祿《清嘉錄》：臘後春前，吳趨坊、申衙里、皋橋、中市一帶，貨郎出售各式花燈，精奇百出。……其奇巧則有琉璃球、萬眼羅、走馬燈、梅里燈、夾紗燈、畫舫、龍舟，品目殊難枚舉。

（清）顧祿《桐橋倚棹錄》：蓆，出虎丘者為佳，見《姑蘇志》。山塘只一二店而已，別有蒲蓆、篾蓆兩種，昔年環山居民多種莅草，織蓆為業，四方稱「龍鬚蓆」，極工致，他處所不及也。

都城生活

蘇州人的人文生活畫卷如同它二千五百多年的浩瀚歷史一樣，溢彩流光，絢麗多姿。「吳趨風氣日變益新，如五音之繁會，五色之陸離」。經過這麼多年的發展，及至清代乾隆年間，蘇州人的生活自成一體，形成了江南獨特的地域風情。

的確，與蘇州優越的經濟條件和人文、地理環境相適應，蘇州人也有着很高的生活水平。他們勇於衝破傳統的束縛，容易接受新事物、新思想。追求時尚，講究享受，寄情於玩樂之中，表現出了強烈的市民意識和時代精神。

蘇州人的生活習俗與文化內涵甚廣，這裏把畫卷中着重細繪到的地方列舉一二。一、人們對跟四季時令相關的民俗活動分外關注，一年到頭，林林總總，像春台戲就是秋季時人們表現豐收喜悅的一種習俗。二、吃的方面，蘇州人在飲食方面特別花心思，也特別講究菜餚的多樣化。三、蘇州人喜歡擺弄盆栽，也素有種花、愛花的習俗。蘇州人在花神生日這一天，會早早趕到廟裏去慶賀。四、蘇州人一方面不受傳統習慣的束縛，追求個性，做潮流的引導者。另一方面它又具有水鄉特色的服飾文化，世代相傳，相因成習。五、蘇州多水，蘇州人多愛作水上遊，溯七里山塘而遊虎丘，是多年不衰的習俗：到石湖看月，胥江放棹，遊船「大多精饈有灶，酒茗餚饌，任客所指」。同時，蘇州的名勝古蹟多不勝數，一年四季，遊人如雲。

總之，這是一個被曹雪芹喻為「最是紅塵中一二等富貴風流之地」的地方，連康熙、乾隆二個皇帝每次到蘇州南巡，都流連忘返，樂不思蜀，名為視察民情，實際上是在縱情享樂。

姑蘇城寫照：

（清）顧祿《清嘉錄．序》：夫千里不同風，百里不同俗。雖時序之在天下薄海皆同，而一方有一方之風土人情，不可得而強也。吳趨風氣日變益新，如五音之繁會，五色之陸離。

（明）唐寅《姑蘇雜詠》：江南人盡似神仙，四季看花過一年。趕早市都清早起，遊山船直到山邊。貧逢節令皆沽酒，富買時鮮不論錢。吏部門前石碑上，蘇州兩字指摩穿。

滿街都是做官的

《姑蘇繁華圖》描繪的節令是春末夏初，商業街上擠滿行人，乍看之下，怎麼個個頭戴紅纓帽，滿街都是做官的？

原來蘇州的紳士、富民和百姓即使沒有官職，都喜歡打扮成官樣：頭戴朝冠、身穿補服，腳穿朝靴。平民穿戴用的朝冠、補服、朝靴，蘇州城商業街上的店子都有出售，和真正的官員用品其實只有細微分別。

朝冠是清代貴族和官員戴的帽子，冬天戴上用皮做的暖帽，夏天戴上用簟做的涼帽。由於涼帽頂部覆蓋紅纓，俗稱「紅纓帽」。官員們為了彰顯身份，會根據身份官階在帽頂加上適當的高頂和飾物，平民的紅纓帽則不會加上任何飾物。補服是清代官服中最主要和最常見的一種，胸前背後各有一塊補子，根據官階繡上不同的文禽或猛獸的紋飾，平民的補服當然不會有補子了。至於朝靴，長筒方頭，冬天時用絨製，夏天時用緞製；平民則會用白布襪配上黑緞鞋。

平民身穿官服其實是違犯了大清律令的。清代初年曾多次申禁，但蘇州城有太多紳士富民，他們帶頭違禁，慢慢就再沒人理會，禁令形同虛設。

酒館與茶室

蘇州城內酒家、酒樓、酒館、酒坊林立，說明了喝酒是當時蘇州人生活的一部分。酒家、酒樓是吃飯喝酒的地方，吃飯為主，喝酒為次。酒館才是專門喝酒的地方，不過規模很小。不論大酒樓還是小酒家、小酒館，只要是提供喝酒的地方，門前都會懸掛一桿紮着三尺布條的「酒幌」，成了當時蘇州城裏一種行業慣例。

酒坊是賣酒的地方，門前都會張貼有「名酒」、「油酒」、「自製名酒」一類的市招。由於市場需求大，販酒生意十分興旺，有人更用船載酒而行，方便長途販運。在萬年橋對岸碼頭上，就放置着大量酒桶，正等待裝船發運到遠處銷售。

蘇州人視喝酒為一種寄情助興的手段，飲酒以外，蘇州人也好茗茶，據《吳縣誌》記載，當時蘇州城「同衙僻地，茗肆紛開」，「十家店肆三茶室」。茶室以賣茶為主，也供應各式各樣的小吃茶點。這些茶館多開設在河邊，店內掛上書畫裝飾，環境清幽雅致，還可觀賞店外蘇州街市的美景，成為了士紳商賈與友人聊天聚舊、交流資訊、洽談交易的最佳場所。

姑蘇城寫照：

（清）沈朝初《憶江南》二首：

蘇州好，酒肆半朱樓。遲日芳樽開檻畔，月明燈火照街頭。雅坐列珍饈。

蘇州好，茶社最青幽。陽羨時壺烹綠雪，松江眉餅炙雞油，花草滿街頭。

蘇州飲食

蘇州人以講究飲食而聞名於世，清代蘇州士紳都有「窮烹飪」的嗜好和名聲。蘇州城所見，酒家食肆之多，令人驚奇。《桐橋倚棹錄》在「酒樓」一節記載了虎丘附近有一家清代初年創立的名店「三山館」，所提供的滿漢大菜及湯炒小吃竟多達一四七種，點心也有二十六道之多，當中一些做法現今已經失傳。一家酒樓菜餚尚且如此豐富，蘇州一城的盛況便可想見。

蘇州的特色小吃也是遠近馳名，城內到處可見「葷素小吃」、「上桌點心」、「乳酪酥」等市招。蘇式糕點既講究色、香、味、形，也講求時令新鮮，有春餅、夏糕、秋酥、冬糖的說法。糕點之中，以「桂花露、玉露霜、狀元糕、太史餅」最有名。桂花露可以疏肝止牙痛，玉露霜按明代古法製作，有消痰功能；狀元糕和太史糕都是科舉時考生帶入場中的食物，由於狀元糕含有「高中占元」的意思，每逢縣試、府試舉行期間，都特別暢銷。

姑蘇城寫照：

（清）沈朝初《憶江南》二首： 蘇州好，夏日食冰鮮，石首帶黃荷葉裹，鰣魚似雪柳條穿，到處接鮮船。蘇州好，魚味愛三春，刀鮮去鱗光錯落，河豚焙乳腹膨脝，新韭帶薑烹。

我的手筆

梆梆梆！賣糖粥，蕩蕩觀前吃糖粥——這是當時蘇州巷間的叫賣聲，舊時小販走街串巷，挑擔叫賣糖粥、桂花糖芋艿等熱點心，糖粥甘甜入味，芋艿鮮亮酥軟。這裏捧着碗循聲出來的客人，回頭熱情招呼的小販，眼看一樁生意就要成交了。

我的發現：

宴會成風

清代蘇州人生活富足，喜歡外出飲宴，從畫卷所見，酒樓、酒家幾乎坐無虛席。縉紳之家更是宴會成風，無論紅白二事，慶官接風、商務貿易等，都要開辦酒席。紳商辦理筵席，除一般應酬外，更希望談判交易能在宴飲歡愉之間拍板成交。很多酒家迎合這種風氣，都提供「包辦酒席」的服務，不少街道上更貼有「五簋大菜」的廣告，皆是一些大眾化的酒席。

宴會的規模是按桌數來算的：大宴會二三十桌，每桌八人，叫做「圍仙」，意思指眾人圍着八仙桌飲宴。如果客人身份尊貴，就安排一人一桌或二人一桌，桌上圍着幃幕，稱做「專席」，是當時蘇州城接待賓客的最高規格。筵席的規格，十餘道菜餚只屬一般；縉紳人家的筵席，水陸珍饈都有數十道。

宴會流程和禮儀都有規定，客來先獻茶，並奉上茶食。入席時，按身份的尊卑、親疏、長幼排列座次，然後由主人敬酒，三揖後才正式入座。僕人上菜時，必須從右側上，先上冷盆，後熱炒，再大碗。菜要一道一道上，下盆也要從左側一道一道下，緩急有度。任何一道流程出錯，都會辱及主人家的顏面。

一些豪華宴會的主人家還會安排演戲或唱曲，客人可隨意點唱，不過要自行支付賞錢了。

姑蘇城寫照：

（清）顧祿《桐橋倚棹錄》卷十：

盆碟則十二、十六之分，統謂之「圍仙」，言其圍於八仙桌上，故有是名也。其菜則有八盆四菜、四大八小、五菜、四葷八拆，以及五簋、六菜、八菜、十大碗之別。每席必七折錢一兩起至十餘兩碼不等。

（清）沈朝初《憶江南》：蘇州好，載酒卷艄船。幾上博山香篆細，筵前冰碗五侯鮮，穩坐到山前。

微縮的園林

盆景是微縮的園林，盆景藝術起源於唐代，蘇州是我國盆景發展最早的地區之一。蘇州盆景分為兩大類：一、樹樁盆景，又稱盆栽盆景，以樹木為主，配以山石、人物、屋宇等。二、山石盆景，又稱山水盆景，以山石為主，置以亭橋，襯以清水。兩者各有特色，各有千秋。

蘇州盆景佈局巧妙，渾然天成，真實地表現了太湖的天然景色。又因天然環境便利，可供盆景製作的植物及山石品種極豐，如山崖溪邊的嘉樹、透剔玲瓏的太湖石、上等石料如崑山石、鐘乳石、硯石、沙積石等等。與中國畫一樣，盆景也有題款，如「衡雲」、「盼歸」等。僅簡短幾個字，就能觸動人的心緒，把景詩化，增加盆景的思想性。

在《姑蘇繁華圖》中，盆景隨處可見，院子裏、露台上，或肩挑求售，或船載渡江。蘇州虎丘一帶，很多店鋪高掛「各色花卉」、「四時盆景」的招牌。想來擅於建築園林的蘇州人也擅於玩這個「小小盆島」，且玩出不俗的境界。

姑蘇城寫照：

（清）沈朝初《憶江南》：蘇州好，小樹種山塘，半寸青松虬千古，一拳文石蘚苔蒼，盆裏畫瀟湘。

（明）文震亨《長物志．盆玩》卷一：盆玩時尚，以列几案間者為第一，列庭榭中者次之。……盆以青綠古銅、白定、官、哥等窰為第一，新製者五色內窯及供春粗料可用，餘不入品。盆宜圓，不宜方，尤忌長狹。石以靈壁、英石、西山佐之，餘亦不入品。齋中亦僅可置一二，盆不可多列。小者忌架於朱几，大者忌置於官磚，得舊石凳或古石蓮磉為座，乃佳。

賣盆景的小船

寄情遊樂

蘇州人熱愛生活，喜歡享受，娛樂活動名目繁多。遊山玩水、覽勝訪古是其中必不可少的一項。特別在陽春三月，天平、靈巖、虎丘、山塘等處，文人仕女雲集，熱鬧非凡。

靈巖山這塊平坦的山頭，被一羣或坐或站的人打破了平靜。席地而坐的顯然是三個文人，還擺上了酒菜和筆墨紙硯。其中一人正準備提筆往紙上寫些甚麼，另一個端着酒杯，還有一個則斜倚着身體注視着寫字的人。站着的三個人，顯然是僕人，他們身旁放着裝有酒菜的提盒。兩個端着菜，另一個擎着酒壺。想必是登山累了，於是找一塊空地安置下來，吟詩作賦、享受美酒佳餚，好一副愜意的遊山圖。

當時養鳥的人也不在少數。養鳥也是陶冶性情的一種方式，城中還有人養鶴，襯托小橋流水的風情。農民幹完活後看看鬥雞，也是一種自在的消遣。蘇州是著名的水鄉，當然也是垂釣愛好者的樂園。「菰煙蘆雪是儂鄉，釣線隨身好坐忘」，是的，在如斯風景中垂釣，是很容易達到物我兩忘的境界。

姑蘇城寫照：

（清）顧祿《清嘉錄》引《吳縣志》：吳人好遊，以有遊地、有遊具、有遊伴也。遊地，則山、水、園、亭，多於他郡。遊具，則旨酒嘉肴、畫船簫鼓，咄嗟而辦。遊伴，則選伎聲歌，畫態極妍，富室朱門，相引而入，花晨月夕，競為勝會，見者移情。

（唐）陸龜蒙《和襲美吳中言情見寄次韻》：菰煙蘆雪是儂鄉，釣線隨身好坐忘。徒愛右軍遺點畫，閑披左氏得膏肓。無因月殿聞移屧，只有風汀去采香。莫問江邊漁艇子，玉皇看賜羽衣裳。

婚娶禮節

蘇州人對婚禮排場的重視，從當地一句俗語「三千銅鈿賬裏損，討了老婆嘸拔（沒有）飯」可見。意思是，有些人辛苦存了點錢，辦了個婚禮後就連飯都沒得吃了。

來看看蘇州城裏這一對結婚的新人吧。從庭院的規模，可判斷主人家家境殷實。門裏門外，賓客如雲，小孩子跑來跑去嬉笑打鬧着，有人在放鞭炮，有人在吹嗩吶，看熱鬧的人三三兩兩地簇擁在院子裏、客廳裏。嶄新的大紅花轎已經停在院中，說明新娘已經被接到新郎家中。在廳堂裏，兩位老人端坐堂上，新娘和新郎正準備行大禮。新娘由人攙扶着，頂着紅帕蓋頭，而新郎已經跪下去了一半。

當時蘇州婚俗中，有吃喜酒、鬧洞房、回門、會親等環節，其中以「鬧洞房」最為有趣。蘇州人認為「愈鬧愈發」，鬧的時候「三朝無大小」，要鬧的諧而不俗，皆大歡喜。結婚究竟需要花費多少？順治時「筵席十六色，付庖銀五錢七分」，乾隆時期更甚。

姑蘇城寫照：

（清）龔煒《巢林筆談》：門楣求其稱，婿婦惟其賢，財帛抑末矣。吳俗風氣日下，男計奩資，女索聘財，甚有寫定單帖，然後締姻者。於是禮書竟同文契，敝甚矣。且一重利，則良賤不及計，配偶不及擇。

我的手筆

花轎到新郎家後，新娘會在花炮聲中，掌禮人三請之下出轎由喜娘攙扶進入喜堂。新娘和新郎要在此行拜堂大禮。新娘在左，新郎在右。聽掌禮人喊令，跪拜天地和合，對外四拜，對內四拜，相對四拜，這就完成了「拜堂」的儀式。喜堂內外掛滿了燈籠，為甚麼辦喜事卻不是掛紅色燈籠呢？

我的發現：

吳儂軟語說彈詞

在木瀆鎮斜橋旁的一所庭院裏，側面的敞廳裏坐着兩位正在彈樂器的男子。敞廳邊設紅漆欄杆，屋簷上掛着鳥籠，兩盆生機盎然的萬年青赫然聳立。透過隱約的筆觸，看出牆上掛着的字畫，是幅山水畫。江邊流水潺潺，室內一人彈三弦，另一人弄琵琶，在水聲鳥語之間彈詞哼唱，可見主人重視情調，生活過得清雅自在。

說到蘇州彈詞，有人說聽多了會上癮。它源於民間，是一種家喻戶曉、深受百姓喜愛的娛樂，亦是一種以吳儂軟語把柔情似水的故事說唱出來的藝術形式。蘇州人表現力特別豐富，方言語音尤為柔軟，在表現說唱藝術上得天獨厚。雖然還有揚州彈詞、長沙彈詞、桂林彈詞等等，但蘇州彈詞最深入人心。

彈詞的表現形式，包括說、唱，有時只唱不說。樂器以三弦、琵琶和月琴為主。唱詞一般為七字句，有各種曲調和唱腔。蘇州彈詞是用蘇州方言說唱的，所以僅流行於太湖流域一帶。彈詞的表演者大多是一人或兩人，要是兩人表演的話，一人彈弦子，另一人則彈琵琶。表演手段有「說」、「噱」、「彈」、「唱」等，講求表演者聲音悅耳動聽，餘音繞樑。

遂初園正舉辦一場壽宴，在裏面的軒廳裏，南戲《白兔記》正在上演，主人和來賓全都看得津津有味。大廳特別鋪上了紅毯，劃分為演戲的區域，對面的是主人和貴賓的座席，後面一小塊地方坐着拉二胡、敲鑼打鼓等伴奏人員。再看中間這塊紅毯上，一男一女在動情地表演。女的坐在地上，以一塊絹帕掩面，哭得悲切；旁邊的男子則挑着水擔，回頭關切地探望。

這正是南戲《白兔記》的一幕。南戲最初產生於民間，是我國最古老的戲劇，又稱戲文。在其發展初期，結構簡單、形式活潑自由，角色不過三、四人，所以當時蘇州城裏大戶人家宴請賓客一般都會請人唱戲助興，《白兔記》是演得比較多的曲目之一。後來經過發展，劇本變長，角色愈來愈多，角色分行也愈來愈細，基本行當有生、旦、淨、丑、外、末、貼等七種，廣泛吸收各種形式的腔調和演出技巧，形成一套完整的表演體系。看眾人看戲入迷的程度，便知當時南戲有多受歡迎了。

高台社戲

在獅山腳下的一個村莊裏，一羣人在看熱鬧。場地上搭好了一個五顏六色、張燈結綵的戲台，台上好戲正在上演；台下人頭攢動，觀眾絡繹不絕。這正是村民們最熱愛的娛樂活動——看春台戲。這是為了慶祝豐收或者祈福、酬鬼神，村民自發組建或者外請戲班子來表演戲劇的一種活動。

先說說台上。有五六個演員正在非常認真地表演，看得出來，演員服裝及舞台佈景、道具都頗精緻和華麗，說明這是一個專業的演出隊伍，演出的正是崑曲《打花鼓》。崑曲因其唱法委婉細膩、流利悠遠而在江南風靡一時。乾隆皇帝也是個崑曲迷，他在南巡期間，梨園演戲最盛，因而有「四方歌舞必宗吳門」的說法。

再看台下。台下的場地的旗杆上飄着一面「恭謝皇恩」的旌旗。旗杆周圍的空間恐怕是看戲最有利的位置，所以大家都在往這個方向擠。有些個子稍矮的，只好站在凳子上的；身手靈活的，早就爬到了場地中的一棵歪脖樹上；擁擠的程度讓老人家受不了，還得年輕人扶着看，稍遠處的涼棚下估計是女人專用席位，站滿了清一色的女人，旁邊的茶棚生意也非常不錯，小攤販在場間穿梭兜售生意。遠遠地，有人端着凳子正匆匆趕來，漁民划着船趕來，還有個大概不肯回家的小孩，他的母親正和他講着甚麼……。

台上、台下，鑼鼓聲、喝彩聲、叫賣聲，交織成一幅熱鬧歡騰的圖面。也側面反映了當時春台戲這種娛樂形式受歡迎的程度。但凡事有利有弊，當時因為春台戲的盛行也引發了許多社會問題，比如說聚眾打架、家中失竊、小孩走失等等。以至於地方上專門出告示明令禁止這些活動。但是，實際情況是屢禁不止的，因為民心所向，眾意難違。

姑蘇城寫照：

（清）顧祿《清嘉錄》：二、三月間，里豪市俠，搭台曠野，醵錢演戲，男婦聚觀，謂之「春台戲」以祈農祥。

（清）蔡雲《吳歈》：寶炬千家風不寒，香塵十里雨還乾。落燈便演春台戲，又引閑人野外看。

江湖雜耍

閶門的南側，也有一番熱鬧的場面。原來是一個江湖賣藝的班子在這裏表演雜耍，平時這個商業繁華的地段已經人山人海，現在更是水洩不通。

一個女子正在表演高空「走繩索」的絕活，只見她拿着橫杆，小心翼翼，腳下的繩索晃晃悠悠，不由得讓人替她捏了把汗。圍觀的人似乎也屏神凝息，安靜地觀看，連離得較遠的樓上的住戶，都在引頸張望。

姑蘇城寫照：

（清）顧祿《桐橋倚棹錄》卷十二：雜耍三技，來自江北。以軟硬功夫、十錦戲法、象聲、間壁戲、小曲、連廂、燈下跳獅、煙火等擅長。

（清）錢謙益《冬夜觀劇歌》：行列參差機體輕，宛如魁壘登平城……張童當筵廣場沸，安西獅子金塗背；擲身倒投不着地，尋橦上索巧相背，須臾技盡腰鼓退，西涼假面複何在。險竿兒女心猶悸，滿堂觀者爭愕眙。

雜耍藝術在江蘇歷史悠久，民間的雜耍表演五花八門，又叫「百戲」，常見的有高蹺、舞獅、跟斗、爬竿、走繩索、走馬賣解、耍猴舞、頭頂大缸、飛盆飛碟、飛叉吞火、十錦戲法等等。這些藝人常靠一隻猴子或小孩打鑼敲鼓，把人們聚集起來，俗稱「耍把戲」要開始了，表演的場所主要是街頭、天橋與廟會等地，偶然蘇州人家有喜事，也會請他們入宅表演娛賓。走繩索起源於漢代，是雜耍的一個傳統節目，也有稱為踏索、履索。過去的表演沒有任何安全裝置，稍一失手，非死即殘。加上走南闖北，居無定所，收入也不穩定，所以這些江湖藝人們縱然有一身好武藝，生存境況卻是堪虞。

占卜與算命

占卜與算命古而有之，是一種非常普遍社會現象，就《姑蘇繁華圖》全圖所見，街頭上算命、測字、看相的攤點不在少數，足見當時信奉占卜命相的風氣十分昌盛。

這個看相的攤點設在街頭拐角處一間店舖的側面，人流量比較大。看相的先生正口若懸河，跟圍觀的人遊説着甚麼，牆上掛着一副「鬼谷子」的畫像。鬼谷子是楚國人，是相術界的鼻祖人物，後世從事相術的人均掛以他的頭像做為標榜；設在胥門邊上的這家「神相」生意更好，後面等着看相算命的人排起了隊；測字的這家生意看着不太好，只有一個人光顧。

當時蘇州人的忌諱多多，還有一種叫「剪千年蒀」的風俗，畫中女子正在剪千年蒀。千年蒀又叫萬年青，是一種根莖短而葉子寬闊肥厚的常青植物，蘇州人把剪千年蒀的日子定在四月十四，即八仙中呂洞賓的生日。所謂「剪千年蒀，行千年運」，剪下來的老葉棄擲在門口，讓各路來慶壽的仙人踏過，可沾仙氣，還要唸「惡運去，好運來」。

姑蘇城寫照：

（清）顧祿《清嘉錄》引《園圃新書》：四月十四日，俗傳神仙生日。芟千年舊葉，擲之通衢，令人踐踏，則新葉易生。吳人植之，以興萎占盛衰。造房者，連根葉置梁上，以為吉讖。結姻聘幣者，鉸繒絹肖其形，與吉祥草，及蔥、松四包，並列盆中。

（清）顧祿《清嘉錄》引《崑新合志》：神仙生日，家戶剪蒀葉，散布街坊，蓋俗「運」與「蒀」同音也。

寺觀香火

佛教與道教，是當時蘇州人信奉的兩大主要宗教。佛教在蘇州傳播的歷史，可追溯到三國時期。孫權的母親是個虔誠的佛教徒，她在蘇州地區積極宣揚佛教，大建寺廟、禪院，孫權為了報答母恩修建了報恩寺。南朝時期，梁武帝也篤信佛教，再次大興寺塔，此後蘇州名刹相望，僧侶處處。康熙和乾隆南巡時，便曾多次光顧寺院。

虎丘寺也非常有名。由於寺多設在山上，唯獨虎丘寺山藏古寺中，因此唐詩有「老僧惟恐山移去，日暮先教鎖寺門」的名句。法雲庵則建於明代天啟年間，庵內有兩棵松樹，年代久遠，甚為古老。

蘇州寺院香火鼎盛，同時也引申出一些不良的社會風氣，如少婦去寺廟朝拜時濃妝艷抹；再如佛門淨地，卻談笑風生，毫不尊崇等等，以至當時官府張貼告諭，警示人們要以禮教自持。

道教似乎寥落得多。蘇州最大最早的道觀當屬玄妙觀，而福濟觀俗稱神仙廟，每年仙誕日也會舉行盛大的活動。不過，蘇州人對於道教活動的態度正如《紅樓夢》中賈母所説：「又不是甚麼正經齋事，我們只不過閒逛逛。」

姑蘇城寫照：

康熙江蘇巡撫湯斌之「告諭」：少婦艷裝，抛頭露面，絕無顧忌，或兜轎遊山，或燈夕走月，甚至寺廟遊觀，燒香做會，跪聽講經；僧房道院，談笑自如。又有甚者，三月下旬以宿神會為結緣，六月六日以翻經十次為可轉男身，七月晦日以點肉身燈為求福，或宿山廟求子，或捨身於後殿寢宮，朔望服役，僧道款待，惡少圍繞。本夫親屬恬不為怪，深為風俗之玷。

第三章

《姑蘇繁華圖》

逐步導賞

欽差大臣駕到！

船尾艙內

他的眷屬們好奇地探頭張望：

面前這大城會是怎樣的地方？

《姑蘇繁華圖》主要描繪乾隆初年蘇州的繁華盛世景像。畫卷中，畫家除了細繪了一村、一鎮、一城、一街外，還刻畫了石湖以及靈巖山、獅山、虎丘山等自然風光，內容豐富，美不勝收。如徐揚的跋文所說：「其間城池之峻險，廨署之森羅，山川之秀麗，以及漁樵上下，耕織紛紜，商賈雲屯，市廛鱗列，為東南一都會。至若春樽獻壽，尚齒為先，嫁娶朱陳，及時成禮。三條燭燄，或掄才於童子之場，萬卷書香，或受業於先生之席。耕者歌於野，行者咏於塗。熙皥之風，丹青不能盡寫。」

本章參考秉琨先生在《清徐揚〈姑蘇繁華圖〉介紹與欣賞》一文的處理方法，按照畫卷展開的順序，把整幅長卷劃成為十一個完整的主題段落（請參拉頁）。每個段落裏面，除了介紹段落主題、內容大要以及重要場景的具體方位，還會推介各段的一些場景看點，希望能對讀者欣賞內容及理解畫意有所幫助。

第一段：靈巖山前

第一段從畫卷的起首部分開始，直到山前村的描繪結束。山前村建在靈巖山下香水溪畔，大概在蘇州城的西南面三十里外的一處郊區。

在第一段，畫家主要描繪山前村在清晨的生活場景。引證徐揚在跋文所說，這一段表現的是蘇州的「山川之秀麗」，「漁樵上下，耕織紛紜」的情況以及「耕者歌於野，行者咏於塗」的春耕農忙的景象。

場景看點

一、向皇帝祝福

這是畫卷的開頭部分。畫家在下角近景畫了一處小小的廟宇，兩個僧人正在聊着事情。在廟前矗立着一雙旗杆，旗幟上寫有「萬壽」兩字。寺廟怎麼會有這樣的旗幟呢？原來是畫家徐揚藉此向高宗乾隆祝福的特別設計。

二、山前村

山前村這一段，可以細分為三個場景：

市集。圖中可見兩家商鋪之間有幾個士紳在一家小飯店內圍着桌邊吃早飯邊聊天；有流動攤販在來回叫賣；有魚販在賣魚；有村民在搬運物品；有轎夫正抬着一個大戶人家的女眷出門；幾個士紳在商議着事情；村內更有一羣工人

太湖
山前村
小飯店
雜貨店
春耕
絲織作坊
村塾

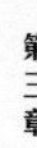

在蓋瓦建房。在徐揚筆下，每個人物的表情都很生動，活靈活現。仔細留意一下，還可以發現平民百姓與士紳富賈在衣着上的差別。

村塾。村塾內塾師正在授課，一個在聆聽講解，兩個在自修。（參閱第二章「唯有讀書高」）

一戶家庭的院內生活。有在房中聊天的；也有抱着嬰兒在閒話家常的；有孩童在附近玩耍；還有一名女眷正在餵豬，這是當時常見的一種家庭副業。畫家重點描繪了兩名女眷在經紗、上漿的情形，這是當時蘇州農村家庭小機戶作坊的真實寫照。（參閱第二章「絲織作坊」）此外，這裏也可看到即使是一般平民家庭，都很重視庭院的佈置，處處春色，環境優美。

三、春耕農忙

畫家在這處描繪了在一片寬闊的農田上，一羣農夫有的揮舞着鋤頭，有的在澆水施肥，也有挑秧擔水的在路旁歇息聊天，或三五成羣在聊天談笑，總之是一片生機勃勃的田園氣息。

四、太湖的水色山光

山村遠處的背景是太湖及湖中的胥山。胥山是為了紀念伍子胥而命名的；湖上點點帆影，是正在出湖捕魚的漁船。

第二段：山遊雅集

這一段緊接山前村的描寫，畫面的主體是靈巖山。靈巖山在蘇州城西南面十五公里處，木瀆鎮的西邊。

在這一段裏，畫家集中表現靈巖山的「秀麗」景色，並描繪了蘇州人喜歡遊山玩樂的生活情趣。

景物探索

靈巖山

靈巖山是蘇州著名的風景區，山高一八二米，面積有一千八百多畝，在數十里外都可以看到，有「靈巖秀絕冠江南」、「靈巖奇絕勝天台」的美譽。山上怪石嶙峋，在靈巖塔前有一塊「靈芝石」十分有名，因此得名「靈巖山」。還因為山石顏色深紫，可以製硯，又稱為「硯石山」。相傳春秋時期吳王夫差曾在山上興建石頭城，城內修築館娃宮讓西施居住，山上保留着很多有關吳王與西施的勝蹟，如吳王井、西施洞、琴台等，因此又名「石城山」。山頂有靈巖寺，在館娃宮的舊址上修建，是著名的佛教淨土宗道場之一。

場景看點

一、靈巖山色

靈巖山以山石嶙峋著稱，畫家除了着力描繪山石的重疊與突出，更集中表現高峻挺拔的山勢。畫中看不到山上頂峰的景色，但一批遊人正乘着涼轎沿着山徑

靈巖山
遊人
山林隱士
轎夫
山遊雅士

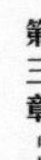

往上攀登，山徑上另有僧人從山上下來，暗示畫卷之外仍有無邊山色，更有古寺藏在深山高處。徐揚擅長繪畫山水和梅花，這裏便體現了他深厚的作畫功力。

二、山遊雅集

山坡上這兩塊空地，也可細分為兩個場景：左邊是三個文人帶着僕人席地而坐，在登山之餘，享受吟詩唱和、品茗佳餚的情景。右邊有三台「涼轎」，又叫「兜椅」、「涼輿」。一行轎夫在半山坡上坐下來休息，其中一個人好像累壞了的樣子，埋頭睡覺；另一人似乎還不累，手舞足蹈地比劃着甚麼。周圍是空曠幽遠的山野叢林，構成一幅非常愜意的遊山圖。（參閱第二章「寄情遊樂」）

三、山林隱士

畫卷右下方畫有一處環境清幽的院落，一座開敞通透的閣樓內，一個隱居山林的文人正在揮筆寫字，旁邊的童子在伺候筆墨，聆聽教誨。

第三段：木瀆鎮與狀元船

第三段由靈巖山向東行，首先進入木瀆鎮西邊的近郊，經過斜橋，進入木瀆鎮繁盛的中心鬧市，再走過西安橋，向前走一直到市面比較淡靜的木瀆南街結束。

畫面上的河道就是著名的胥江，徐揚利用胥江的一大片水道，把木瀆鎮分成東西兩段，第三段描繪的就是木瀆鎮西段的景觀，而最引人矚目的是正在江面上行駛中的狀元迎親船。

景物探索

木瀆鎮

木瀆鎮位於蘇州城西南十二公里處，西郊緊靠靈巖山麓。整個小鎮依山而築，傍水而居，是一個與蘇州城同齡的水鄉古鎮，有「吳中第一鎮」的稱號。春秋時期，吳王夫差為西施在靈巖山頂興建館娃宮，用了三年時間收集木材，眾多的木材堵塞了山下的河流港瀆，「木塞於瀆」，「木瀆」鎮因此得名。

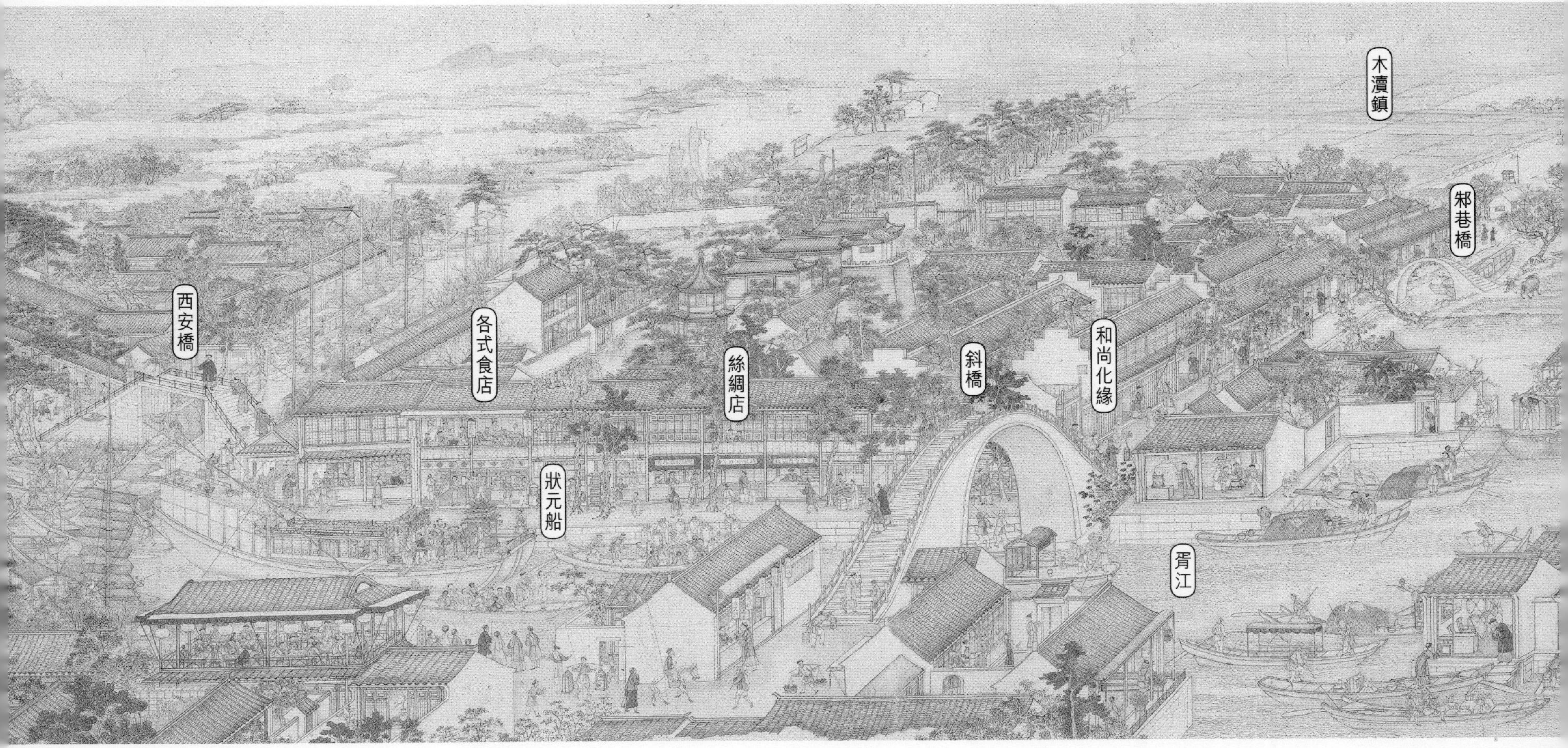

西安橋

各式食店

絲綢店

斜橋

和尚化緣

木瀆鎮

郙巷橋

狀元船

胥江

胥江

胥江是伍子胥在春秋時期所建造的，是中國第一條人工運河。

場景看點

一、名橋景觀

畫卷上木瀆鎮西邊一座石橋，叫做斜橋。據説在北宋皇祐四年（公元一〇五二年）建成，與不遠處的郛巷橋並稱「雙橋」。斜橋上有台階，行人在橋上憑欄東望，可以飽覽木瀆鎮市中心的景色。由於斜橋建在胥江和香溪的交匯處，香溪清澈，胥江混濁，兩水匯合成一條清濁分明的分水線，這便是木瀆十景之一的「斜橋分水」。而位於木瀆鎮鬧市中心的西安橋，跟它遙相呼應的一座三孔橋叫東安橋，兩座橋一座秀麗，一座雄偉，俗稱「姐妹橋」。

二、狀元迎親

胥江的江面上，狀元迎親的船隻正在熱鬧而又緩慢地向前推進。這一幕場景畫出了當時讀書人的一種普遍追求。（參閱第二章「讀書人的狀元夢」）

三、繁華的市中心

在狀元船所處的夾河兩岸，就是木瀆鎮的鬧市中心，鎮內最繁華的地段之一。岸上除了觀看熱鬧的行人，還有到處遊走的攤販；街上佈滿了各式商舖，約有二十多間：有富麗堂皇的酒樓，有販賣蘇州特色糕點的食店，有大型的綵綢店、金飾店等，在大街後面還有一座環境清幽的佛寺與熱鬧的街道相映成趣。除了這些繁華景象，在西安橋靠近木瀆南街街面比較淡靜的一帶，徐揚還描繪了一些特別的場景：在柳蔭下的露天茶棚裏喝茶的行人，在街口拐角處擺攤的看相先生，還有一隊魚貫而行的僧侶，不知道他們準備往哪裏做法事，還是集體外出化緣？

四、胥江船景

這裏是《姑蘇繁華圖》內兩處重點描繪「船景」的畫面之一。由於斜橋一帶是古鎮的中心區，進出太湖的船隻大多在此停靠，因此商旅如織，水運繁忙。只要仔細觀察，我們在這裏可以找到當時蘇州最具特色的船種：漕運船、官座船、遊船、沙飛船、舢舨船、烏篷船、白篷船、太湖漁船。至於船上的船夫，有拉縴的、有搖櫓的、有撐篙的、有划槳的，神情姿態各有不同。這些船夫和他們的船，你可以一一找得出來嗎？（參閱第二章「百舸爭流」）

第四段：遂初園與壽筵堂會

第四段描繪的是木瀆鎮東段的景觀。從木瀆鎮東安橋向東前行，一直到石湖為止。這一段的畫面相比起來，則不及西段的熱鬧。

場景看點

一、壽宴

壽宴在遂初園內舉行，我們可集中觀察兩處小場景。一是送禮的僕役隊伍：由東安橋到碼頭旁的貨船，到遂安園的大門、內院、側門，沿沿不絕；而禮物大都是幾層貴重的禮盒，畫家從細節處表現了壽宴主人的地位顯貴。二是壽宴的佈置：張燈結綵，專席伺候，南戲表演等，都顯示了壽宴的豪華尊貴。（參閱第二章「官宦家的壽宴」、「宴會成風」）

二、遂初園

壽宴的畫面下方就是清初名園遂初園的景觀。這裏利用粉牆、月門、長廊、小徑、花窗等借景分隔，製造「園中有園」的效果，深得蘇州園林「巧」字之妙。（參見第二章「園林勝景」）

三、社倉重地

社倉就是用來貯糧備荒的糧倉。畫中的社倉設在遂初園的對岸，在雍正初年成立。只要仔細觀察，我們可發現整個台基都是建築在水中的，底部有水竇通往胥江，這樣設計是為了有利防火。外牆上有四塊告示，寫着「社倉重地」、

社倉
賓客到賀
水上人家
東安橋

「禁止騷擾」、「加緊看守」、「小心火燭」等字樣。不過字字都套上紅圈，給人官氣森然的感覺。

四、法雲庵的香火

法雲庵建於明代天啟年間，庵門前有兩棵年代久遠的松樹，是木瀆十景之

一的「法雲古松」。這裏重點描繪法雲庵的香火，但沒有直接從「人」處落墨，反而借用遮江閉天的層層煙霧，側面襯托出法雲庵的鼎盛香火。（參見第二章「寺觀香火」）

第五段：石湖風光

第五段是從法雲庵向東北方向前行，進入石湖後的一段秀麗風光。這一段的主題石湖，在蘇州城西南面約四點五公里處。這裏也是徐揚在自跋所說的「由木瀆鎮東行，過橫山，渡石湖，歷上方山」的一處地段。

畫家所以描繪石湖，除了石湖風光確是江南一絕，更重要的是從一處繁華熱鬧的木瀆鎮進入整個畫卷的高潮——更繁華、更熱鬧的蘇州都城前，以一段寧靜悠閒的「自然風光」分隔，從而動靜相間，緩急相濟，藝術效果更為理想。這一段的石湖和下一段的獅、何二山，一水一山，都扮演了過渡段的角色。

景物探索

石湖

相傳春秋時期，越國挖溪攻打吳國，橫截山腳鑿石開渠以便通往蘇州，因此名為「石湖」。越國滅吳後，范蠡帶着西施由石湖歸隱太湖。南宋田園詩人范成大退休後也在石湖養老，自號「石湖居士」，廣邀當時名士遊覽石湖，石湖的山水因此聞名天下。

場景看點

一、橫塘古渡

橫塘在蘇州城的西北角，坐落在胥江、古運河和越來溪的匯合處，稱為「橫塘古渡」。畫卷裏法雲庵背後遠望所看到的一帶水村，便是橫塘村。村前有一座

上方塔
舴艋
湖心亭
行春橋
來溪橋
石湖
木筏
育苗柵欄
漁民生活
田器工匠

三孔拱橋，叫做「橫塘橋」，也就是「橫塘古渡」的所在地。賀鑄、范成大、文徵明、唐寅等都曾在橫塘留下不少詩詞名篇，其中以北宋賀鑄的《青玉案》最有名，「若問閒愁都幾許，一川煙草，滿城風絮，梅子黃時雨。」更是千古傳唱的名句。

二、石湖水色

畫卷中緊接法雲庵的一片方圓數十里的水色，便是石湖。我們先從法雲庵背後的越來溪向東前行，一道高高聳起的拱橋跨過溪水連接一段水中長堤，這道橋叫「來溪橋」。橋下有幾艘遊船，正在靠岸。從來溪橋沿着長堤向前行，長堤盡頭連着一道九孔的長橋，就是著名的「行春橋」。每年農曆八月十八日晚上，明月初升，橋洞中的九道月影連成一串，構成了「石湖串月」的奇景。過了行春橋，就到了依山而建的范公祠，這是范成大隱居的住處「石湖草堂」的原址。湖中央有一正方形的水榭建築，是湖心亭。由行春橋向前遠望，西南面的山峰便是上方山，山上有一座七層高的上方塔，塔後煙雲迷漫，羣峰錯列，這便是橫山所在。畫面所見，石湖與上方山相依，湖面寬闊，景色秀麗。

三、漁樵作業

這裏是《姑蘇繁華圖》內集中描繪漁民作業情況的段落。漁民使用的太湖漁船、舴艋、木筏不但在湖上可以找到，也可看到各種捕魚方法，包括圍起柵欄養育魚苗、定點佈置魚網等候魚羣上釣、撒網捉魚等。畫面的下方，柳樹下掛曬着幾幅魚網，四艘漁船緊靠一起，漁夫們正在船上飲酒作樂。而在他們前方，又有兩艘漁船靠在岸邊，一艘船上女的弄兒，男的吹笛，構成了一幅溫馨寫意的漁家樂圖畫，也點出了乾隆盛世下漁民生活富足的主題。

第六段：獅、何二山和春台戲

第六段由石湖向前行，進入了獅、何二山所在的區域。獅山、何山都在蘇州城西南面，與蘇州城西南角的盤門、胥門，只是隔着一條京杭大運河。

這一段雖有獅山和何山兩座山，但獅山及山下的春台社戲才是主題所在。在這一段裏，徐揚除了描繪山川的秀麗，還承接上段漁民生活富足的描寫，筆下農民都安居樂業，一片祥和。

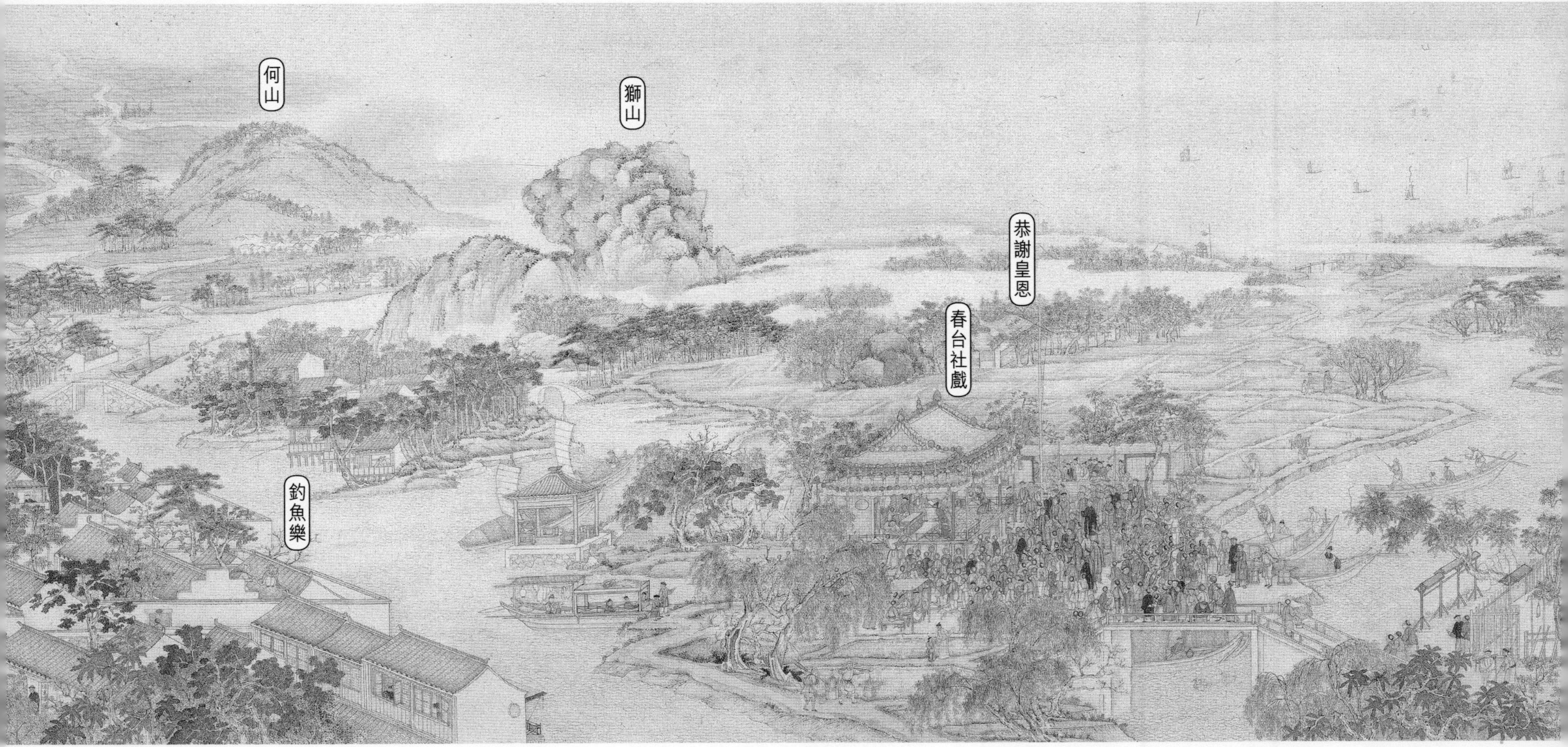

何山
獅山
恭謝皇恩
春台社戲
釣魚樂

景物探索

何山

原名「鶴阜山」，與姑蘇城外的寒山寺隔河相望。據記載，南朝齊太子洗馬何求，與弟何點先後到此山隱居，死後同葬山上，何山由此得名。

場景看點

一、獅山風景

圖中所繪獅山儼若一頭雄獅昂首回顧，正對畫卷之末的虎丘方向望去。獅山外形有如一頭伏在地上的雄獅，它的眼、鼻、腰、臀都栩栩如生。獅山後面的一座山便是何山。遙看兩山之外，河流縱橫，良田阡陌，村落密佈，林木葱鬱，宛若一首清淡悠遠的田園詩。

二、春台社戲

獅山下的村莊裏，正在上演最為老百姓喜聞樂見的春台社戲。這也是整個場景中的大戲。（參閱第二章「高台社戲」）這裏要注意，戲台前一支高高的旗杆上掛了一幅「恭謝皇恩」的黃色旗幡。它跟卷首廟外的旗杆作用相同，都是畫家的特別設計。

三、敬老恤貧

何山東側下的一塊廣場上，也正在上演一幕敬老恤貧的場面。一個官員坐在轎內，旁有衙役舉着傘、扇，說明官位不低。官員前方的中間位置，有數名衙役站着，正在向前面的民眾說話，右邊有兩名衙役捧着一盤東西，似在等候指示把東西分發給人羣，他們的對面有四名老人家整齊地站成一排，正在躬身揖手，向官員表示感謝。而最左邊有兩名挑夫抬着很重的籮筐，估計也是送給平民百姓的物品。

這個小場景在畫卷左上方的一角，並不顯眼，卻與右邊聚集的歡樂民眾遙相呼應，一濃一淡、一輕一重，再加上旗幟上畫龍點睛的「恭謝皇恩」四字，畫家想要表達的「斯地斯民，故能感激鼓舞，樂樂利利，交相勸勉，共為盛世之良民」的畫境便呼之欲出了。

第七段：姑蘇城的西南一角

第七段由獅山前行，進入蘇州城的城郊地段。承接前一段的敍事方向，畫家從蘇州城的西南面切入，重點描繪蘇州城盤門、胥門外運河兩邊的繁華景象。

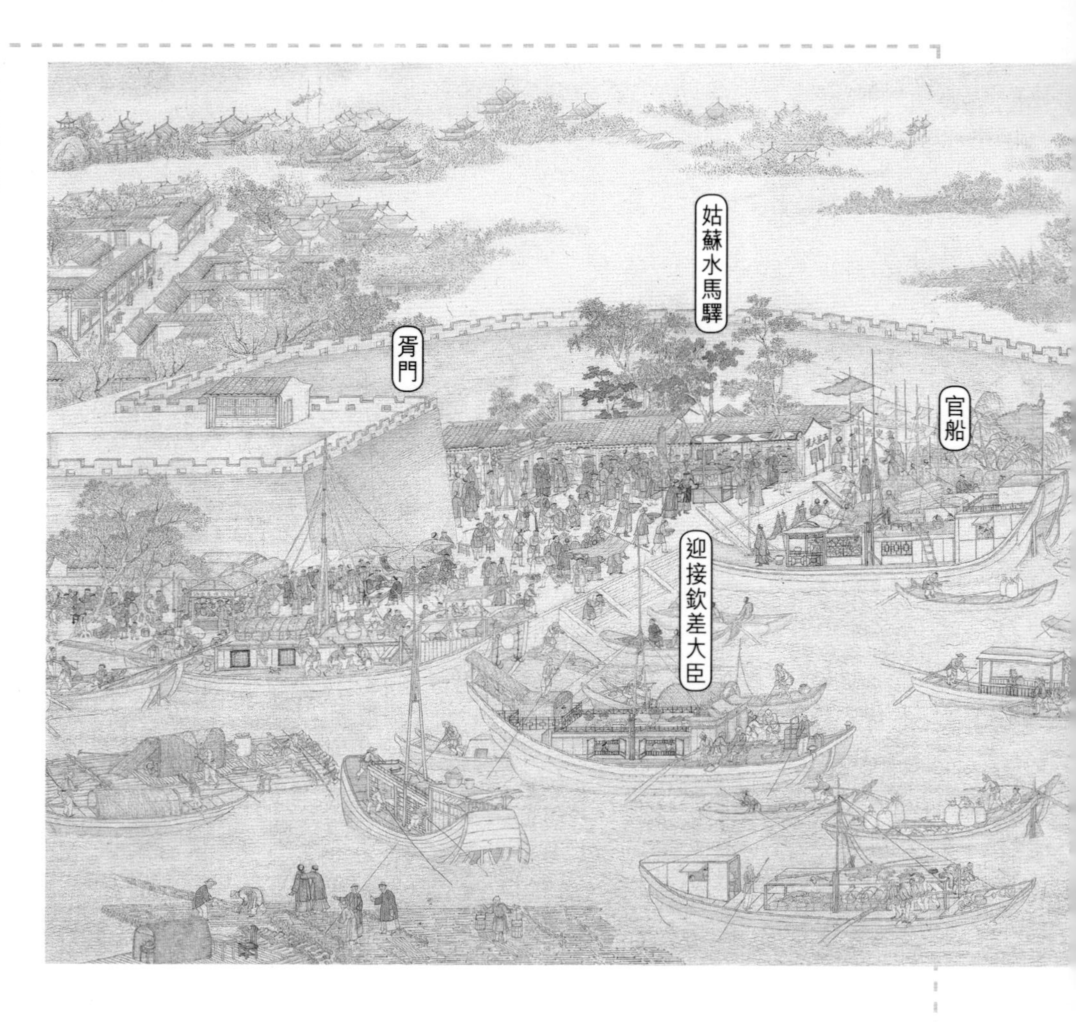

景物探索

胥門

胥門，在閶門南面，又名姑胥門，因為遙對姑胥山（即姑蘇山）而得名，是春秋吳國建造都城時所開闢的八門之一。現存城門是元代至正十一年（公元一三五一年）重建，明清時期重修而成。

盤門

盤門也是吳國八門之一，古稱蟠門，因門上懸有木製蟠龍以震懾越國而得名。現存城門是元代至正十一年（公元一三五一年）修築，明清時期修繕而成。盤門是水陸城門並存的城門。陸城門分內外二重，兩門之間設有甕城，至正十六年由張士誠增建；水城門和陸城門緊相毗連，也分內外二重。水陸城門均設有閘門，用盤車提升或關閉，可控制往來行人與船隻，便於設防守城池。

場景看點

一、古城西南素描

在細看畫卷風光之前，先讓我們對畫面所見的蘇州城佈置有一個大概認識。展開畫卷，由獅山向前看，一條寬廣而繁忙的河道橫亘在城垣外面，展現在我們眼前，這便是著名的京杭大運河。下方近處的一座單孔拱橋，叫懷胥橋，橋下胥江與大運河合流。懷胥橋對面的一帶城牆，正是蘇州城西南面的城垣。城內有一座七層高的佛塔，是北宋時建成的瑞光寺塔。寺塔旁邊的城門，就是盤門。盤門在蘇州城的西南角，外面的一座橫跨河上的三孔拱橋叫吳門橋。盤門遠處還有另一個城門，叫封門。

隨着畫卷展開，沿着運河向南，可看到城垣下一個廣場上站着眾多迎接欽差的官員，那便是接官廳碼頭，也是古代「姑蘇水馬驛」所在，是專門接待重要官員進入蘇州城的地方。在城垣上我們看到一座城樓，那便是蘇州城西面兩座城門中的南門——胥門的所在地了。

二、胥門船景

這裏是《姑蘇繁華圖》內另一處重點描繪「船景」的畫面所在。由於胥門是南北商賈從水路進入蘇州城的必經之處，因此胥門外的碼頭和兩邊的河岸都停靠着眾多船隻，十分擠擁。船景中，當然以欽差大人乘坐的官船最顯眼，它正停在運河的中央位置。跟「胥江船景」比較，這裏的船隻以運載貨物的佔多數，到處可見工人正在搬運貨物的場面，河面也更繁忙擠擁，側面反映了蘇州城與木瀆鎮在商貿發展上的差距。（參閱第二章「船行漕運」）

三、迎接欽差

胥門外接官廳碼頭上演的「迎接欽差」場景，可以分為三個小段：一是廣場上等候中的官員、一眾衙役以及有關佈置，以江蘇巡撫為中心；二是碼頭處正在搬運欽差物品上岸的貨船和家屬乘坐的官船；三是稍遠處河面上的欽差乘坐的官船。作者在這處把各人物的表情、官府排場的佈置都描繪得很生動詳細，值得細細品味。（參閱第二章「欽差大臣駕到」）

四、懷胥橋街景

懷胥橋附近的街道是胥門外比較繁華的城郊地段，商舖林立，有船行、米行、蘆蓆行、布行，棉花行、雜貨行等。這裏值得注意的景點有三處：一是「香水浴堂」，它設在懷胥橋挽旁邊，是畫卷裏唯一畫到的一家澡堂，是商賈休息及洽商交誼的場所；二是兩名官員正在出巡，官威、排場十足（參閱第二章「吆喝開道的官員出巡」）；三是懷胥橋下方一座歌舞樓台內，兩名客人正在欣賞一名舞姬表演，旁邊有樂師伴樂。吳門歌舞也是當時蘇州城最受歡迎的娛樂項目之一。

第八段：萬年橋和府衙考場

第八段由胥門前行，開始進入蘇州城區的地段。至於描繪的重點，城外以萬年橋及城外街面為重心，城內則以知府衙門為重心。

在這一段裏，視點藉城牆由南向北展現，巧妙地把敘事重心逐步由城外轉入城內。從畫卷構圖看，畫家利用城垣把畫面分割成上下兩截，從景觀到氛圍都截然不同，互相映襯對照，可說是別出心裁。

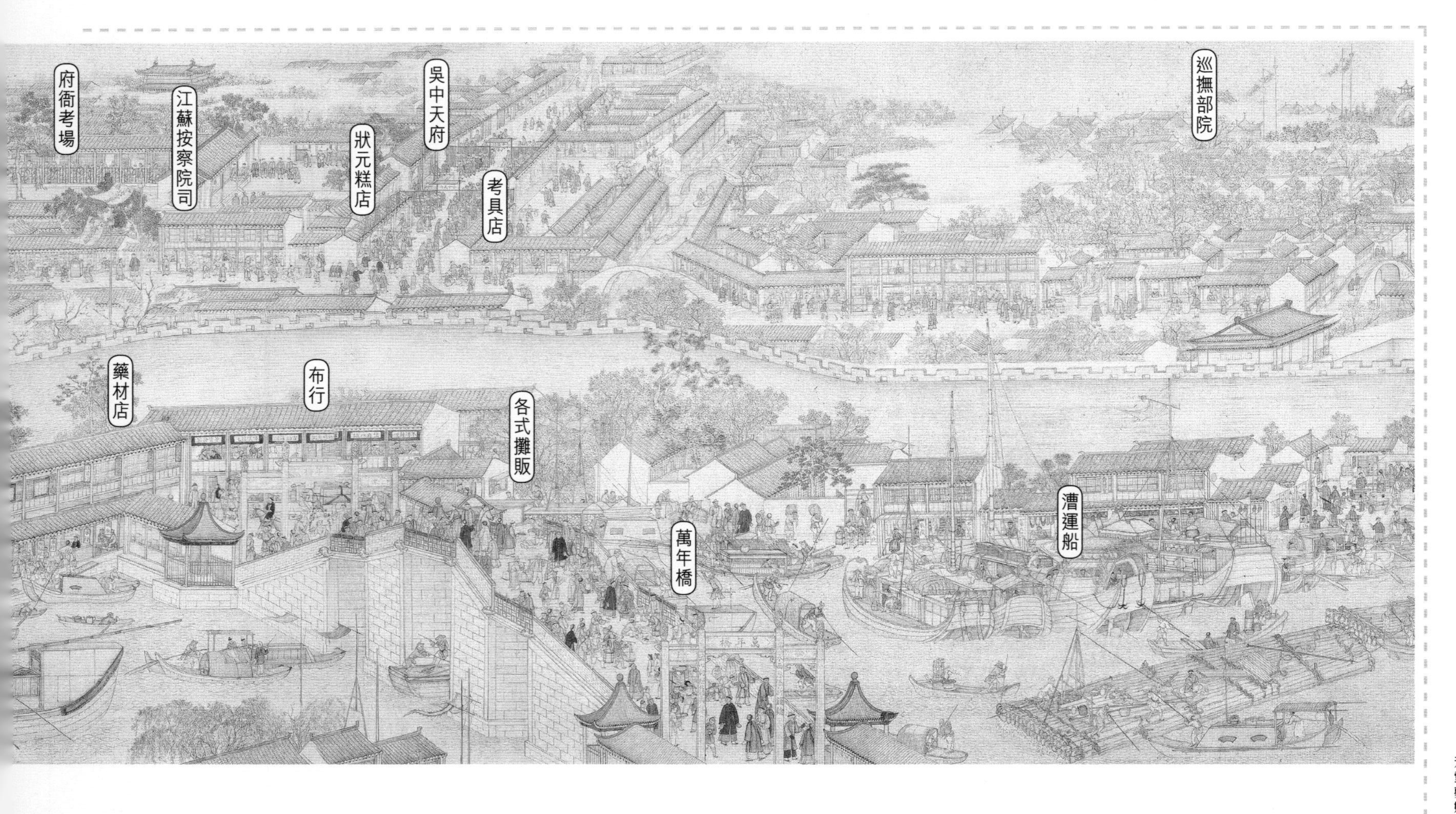
府衙考場
江蘇按察院司
狀元糕店
吳中天府
考具店
巡撫部院
藥材店
布行
各式攤販
萬年橋
漕運船

場景看點

一、城內風景

這段的城內風光雖然只有半截畫面，卻記錄了當時蘇州城內三處最高權力機關的官署所在。從胥門上的城樓遠望，即畫卷的上方，是一片遠景，可以看到「巡撫部院」的雙旗杆，正是蘇州城的最高行政長官江蘇巡撫的駐地「撫台衙門」。沿胥門的城垣向前行，近處可以看到寫上「江蘇按察院司」的一對旗杆，這裏是掌管司法、官員考核的官署「臬台衙門」。一街之隔，正在舉行府試的院落，則是蘇州知府的官署「府台衙門」。衙門重地所在，雖然街面也還算熱鬧，但跟城垣外的繁囂相比，落差頗大。

二、萬年橋街景

萬年橋是胥門一帶的商業黃金地段。河道左邊停靠着一整排漕運船，各式船隻正在橋洞進進出出。橋上橋下攤販處處，有定點擺賣的，也有到處遊走的；街上商舖林立，除了常見的錢莊、首飾店、酒行、米行外，還有規模宏大的絲綢店、布行和藥店，連難得一見的洋貨行和大雅堂書坊在這裏也能看到。街上行人來往穿梭，人流如織；橋上有人匆匆趕路，有人與販子討價還價，有人流連顧盼，有人在佇足觀望，而且表情各異，煞是生動。整個萬年橋商業地段極盡繁盛熱鬧，富有生活氣息，與城內官署附近那種嚴謹、凜然的氣氛形成鮮明的對比。（參見第二章「橋的世界」、「小攤販做生意」）

三、府衙考場

圖中知府衙門正在舉行府試。院內披紅掛彩，應試童生一排排坐在考場內，正在埋頭答卷；遠處大門、儀門重重深鎖，衙役正準備吹角鳴金，宣傳考試馬上結束，氣氛顯得十分緊張。按清制，府試獲取錄的童生可參加省級的院試，院試及格的稱為秀才，就可以赴京考取功名，去圓那寒窗苦讀的科舉夢。徐揚在跋文所說的「三條燭燄，或掄才於童子之場」，就是指這處。（參閱第二章「正在進行的府試」）

第九段：從藩台衙門到拜堂成親

第九段正式進入蘇州城內，由府台衙門向北走，一直到閶門之前為止。藩台衙門是第九段的主題所在，徐揚在跋文所說的「廨署之森羅」，在這裏有細緻的描繪。

場景看點

一、縣學

從蘇州府衙向北行，在一帶雲霧下面，可以看到一道由三塊木板及四根橋柱組成的板橋，名叫「狀元橋」，橋的西邊有一道照牆。過了這座狀元橋，就是吳縣的學宮，也就是縣裏的孔廟。蘇州城內有幾處孔廟，府級的孔廟又稱「文廟」，在蘇州城西南面盤門處。縣學的大門前豎立了兩座下馬碑，東西兩邊牌坊分別寫上「興賢」、「育才」的額題。進入廟內，學宮的主體建築「大成殿」就在眼前。由於畫家在府衙考試已落了濃濃一筆，畫卷下方又有另一重要場景「藩台衙門」，因此這處並未細繪，反而藉着若隱若現的雲霧，烘托出這座縣級學宮寧靜致遠的氛圍來。（參閱第二章「唯有讀書高」）

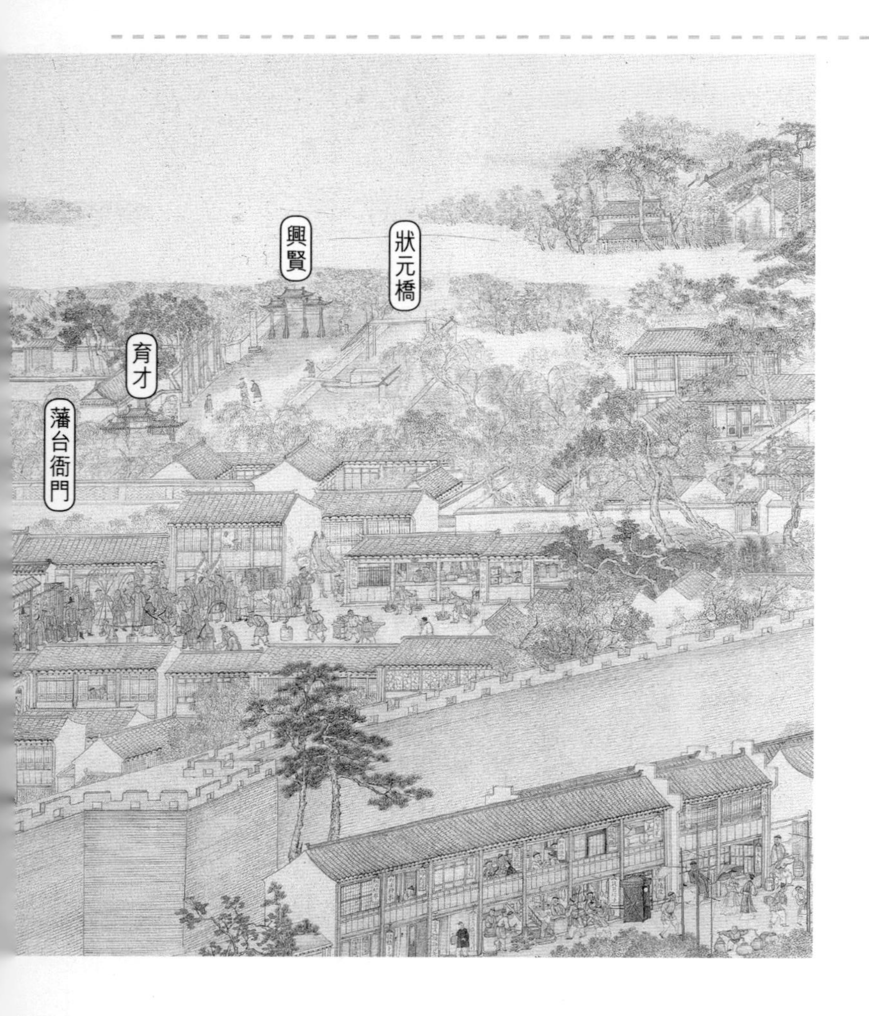

婚禮
黃鸝坊街
怡老園
大成殿
搬運銀兩

二、藩台衙門

這場景有四個觀賞點：一是畫家所指的官府衙署「森羅」氣象，這點我們可從畫家細描的衙署佈置和守衛情況看出來。二是轅門兩邊布政使的出巡儀仗安排，可以想像到官威何等威壓。三是官府銀兩由搬運、進門到點算的整個過程，十分完整。（參閱第二章「藩台衙門」）最後是衙門所在地「怡老園」的園林景觀，雖然筆墨不多，仍能表現出蘇州園林的工巧特色。（參閱第二章「園林勝境」）

三、黃鸝坊的婚禮

藩台衙門往北前行，有一座橋背凸出的拱橋，叫做「黃鸝坊橋」。向西前行，經過街樓後，就進入黃鸝坊街。街內聚着一眾轎夫、僕役，原來一戶富貴人家正在舉行婚禮，場面很是熱鬧。（參閱第二章「婚娶禮節」）

第十段：閶門

第十段描寫重點轉入閶門。閶門是蘇州城西城垣的南門，通往虎丘的方向。畫家在這段再次利用城垣把畫面分為城內城外兩部分。如果把這段與第七段作比較，先是切割方式不同，其次前者示意進城，這處示意離城；前者城垣內外氣氛迥異，這處城垣內外同樣熱鬧繁盛。此外，除了繁華的商貿，此段還刻意描繪了閶門的高大恢宏，畫家在自跋所說的「城池之險峻」、「商賈雲屯，市廛鱗列」，在這裏得到了很好的詮釋。

景物探索

閶門

春秋時期吳國建造，是闔閭大城的八門之一，以古代天宮傳說的南門「閶闔」來命名，以示能通「闔閭」之氣，國運昌隆。

（明）唐寅《閶門即事》：「世間樂土是吳中，中有閶門更擅雄。翠袖三千樓

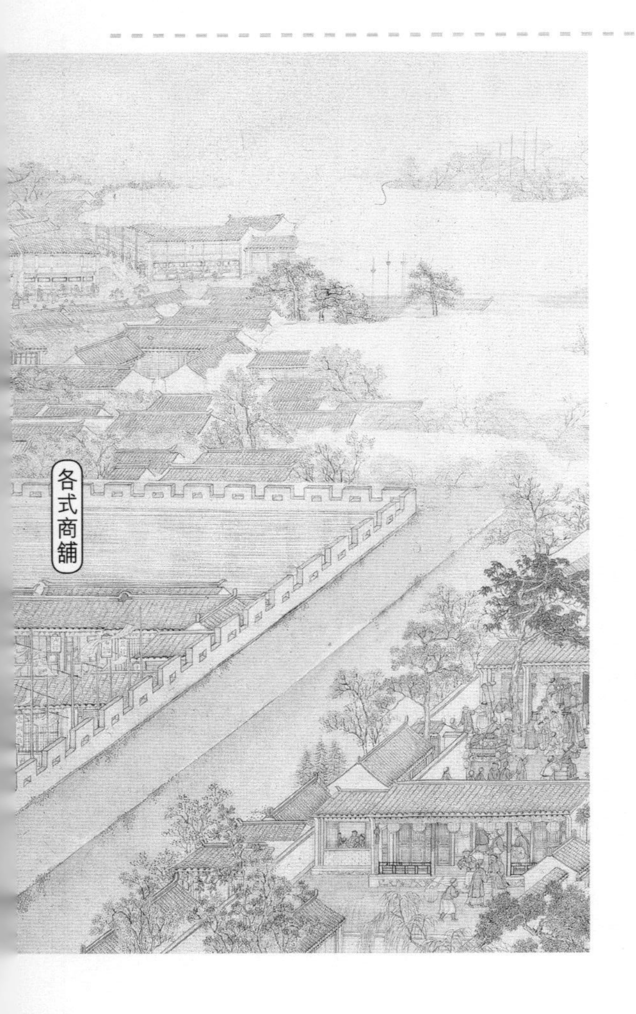

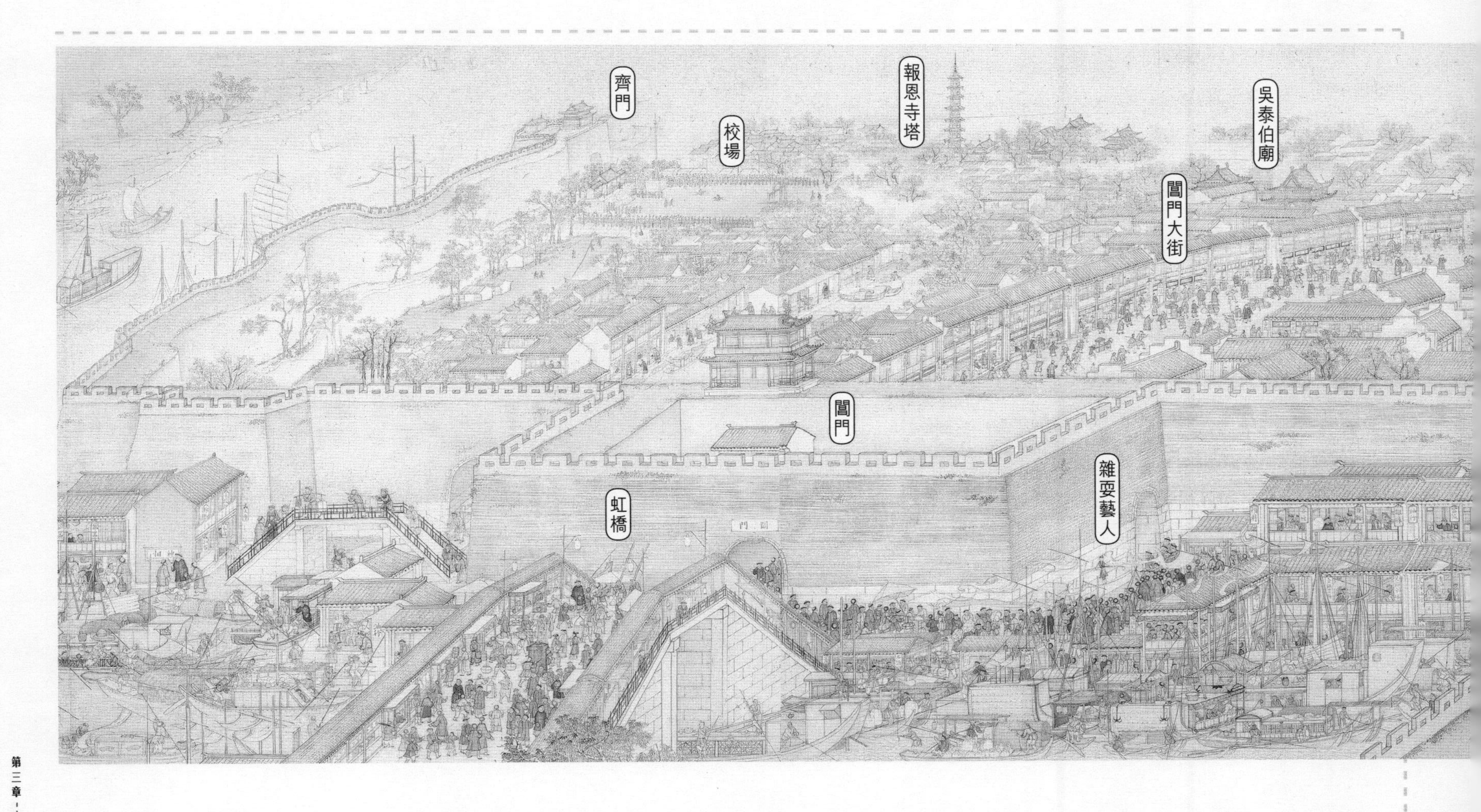

齊門
校場
報恩寺塔
吳泰伯廟
閶門大街
閶門
虹橋
雜耍藝人

上下，黃金百萬水西東。五更市賣何曾絕，四遠方言總不同。若使畫師描作畫，畫師應道畫難工。」

吳泰伯廟

建於東漢永興二年（公元一五四年），是供奉泰伯的地方。商朝末年，泰伯不想繼承周太王的王位，與二弟仲雍逃到吳地後，斷髮紋身，與當地土人共同生活，建立了「句吳國」，是吳文化的源頭所在。

報恩寺塔

報恩寺俗稱北寺，是蘇州最古老的佛寺，相傳是三國時孫權母親吳太夫人舍宅而建。報恩寺塔也是吳國所建，後遭戰火焚燬，南宋紹興二十三年（公元一一五三年）改建成八面九層寶塔。又稱北寺塔，高七十六米，是蘇州城內最高的寺塔。

齊門

春秋時期吳國建造，也是八門之一。吳王闔閭打敗齊國後，齊王把公主嫁給吳國太子波。公主思念家鄉，經常以淚洗面，吳王為她興建面向齊國的北門及城樓，讓她可以遠眺家鄉，因此又名思齊門。

場景看點

一、閶門素描

圖中閶門矗立在畫面正中位置，氣勢宏偉不凡。城門上有城樓，門前築有甕城。甕城有南、西、北三度門，西門就是中間的城門，與虹橋連接，跨過京杭大運河，是與陸路連接的地方；南門和北門分別設置南北兩個碼頭，連接水路。進入城內，一條繁盛的商業街展現眼前，便是閶門的中心區「閶門大街」。大街後面，有兩座重簷歇山式建築，是吳泰伯廟。再遠處九層高的報恩寺塔高高矗立。在寺塔的左面，蘇州城的東北面，是另一座城門「齊門」。這裏設置了一個校場，是專門用來操練兵馬的地方。（參閱第二章「文治武備並重」）

二、閶門城內風景

閶門一帶是全蘇州城最繁華的商業區，店舖林立，商賈如雲。圖中可見，閶門大街整條街都是兩層樓式的建築，採用了前舖後居、商住合一的設計，店舖雲集了藥材行、香燭行、皮貨行、帽行、布行、紗行、綢緞行等共二十多種行業，全是兩個店面以上的大型商舖，繁華程度可想而知。大街南端第一條巷弄，是著名的「專諸巷」。專諸巷在清代是最負盛名的碾玉中心，出產玉器精緻秀媚，內廷玉匠也多來自這處。畫家只細繪了兩家商號，都掛出了「古玩」、「玉器」、「珊瑚」等市招，點出了這巷的特色。

三、閶門城外風景

閶門的繁華從城內延伸到城外。無論虹橋上還是兩邊南北碼頭，都是遊人如織，擠擁不堪。城外店舖也非常密集，單是南邊靠近城垣處，便聚集了「炭行」、「油行」、「錢莊」、「絲綢行」、「藥店」、「麵店」、「舡行」等二十家商戶。店鋪旁一羣雜耍藝人正在賣藝，眾多途人駐足欣賞，更顯街道擁擠。（參閱第二章「江湖雜耍」）數算整個城外，近三十個行業開設了店鋪，繁盛程度跟城內不相上下。運河上，同樣各式船隻擠在一起，跟胥江、胥門的船景相比，擁擠程度更甚。

在徐揚的渲染下，由木瀆鎮的中心區到胥門外的繁華地段再到閶門的城垣內外，從行人船隻的數量到商鋪的規模大小，隨着畫卷的展開，熱鬧繁華程度層層遞進，最終把盛世下的蘇州繁華景象，清晰而立體地展示在讀者眼前。

第十一段：山塘和虎丘

第十一段是《姑蘇繁華圖》的卷末部分，由閶門外的山塘街向北前行，到西北面的虎丘止。在這一段裏，畫家把視點由城內帶到城外，以蘇州城西北面風景最秀麗的虎丘山作結，與卷首的靈巖山遙相呼應，由名山入，自名山出，保持了畫面的和諧與完整。

景物探索

山塘街

山塘街自古有「姑蘇第一名街」的稱號，在唐代寶曆二年（公元八二五年）建成。當時詩人白居易調任蘇州刺史，為了便利蘇州水陸交通，在虎丘東面至閶門一帶修築了一條「山塘河」，又在河岸北面修建道路，稱為「山塘街」。由於山塘河和山塘街都長約七里，因此合稱「七里山塘」。

虎丘山

位於蘇州城西北角，原名海湧山，相傳吳王闔閭葬於山上，葬後三日有白虎蹲在墓上，因此更名「虎丘山」。虎丘山一帶名勝無數，有「吳中第一名勝」的稱譽。

場景看點

一、山塘虎丘素描

出了閶門向西行，一水之隔，可以看到一座寫着「山塘橋」的拱橋，與山塘橋連接的街道便是山塘街的起點部分，山塘橋下的河道就是山塘河。山塘河長七里，河的北岸街道便是山塘街。沿河前行，經過一座半塘橋，示意山塘河已經走了一半，這地方也叫做「半塘」。半塘有一副名聯：「七里山塘，行到半塘三里半」，至今仍沒有人能對出下聯。再沿山塘河向前行，看到一條跨河的石橋「普濟橋」，便到達了虎丘地段。再沿河前行，會出現畫卷上最後一座石橋「斟酌橋」，這處是山塘河與東山濱、野芳濱的交匯處，也是虎丘著名的風景區。過了斟酌橋，便到達虎丘山。虎丘山上有虎丘寺，後改名為「雲巖寺」，山在寺中，奇特秀美，蔚為壯觀，而畫卷也在這處結束。

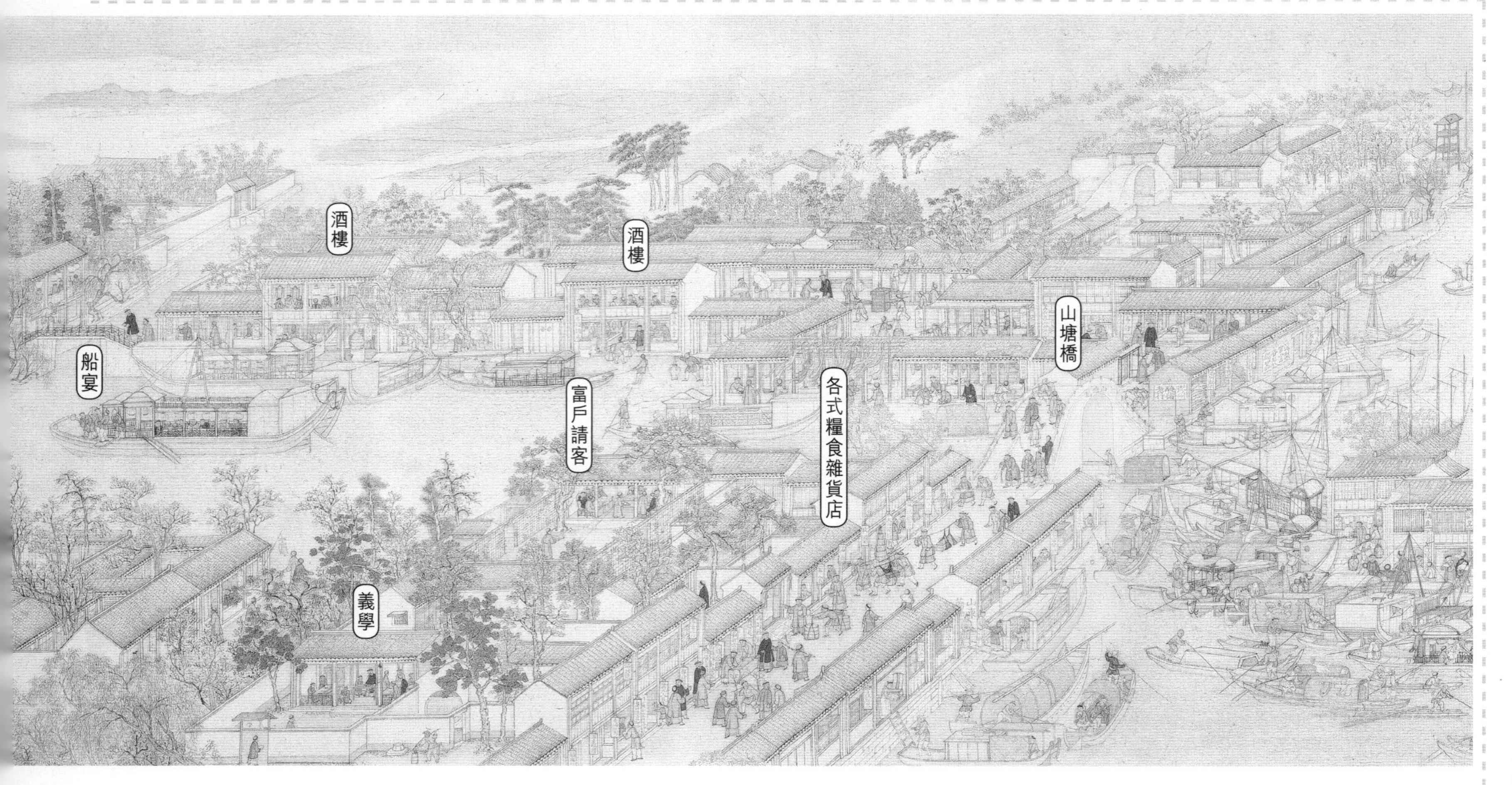
酒樓
酒樓
船宴
富戶請客
各式糧食雜貨店
山塘橋
義學

相士
普濟橋
字畫店
竹器店
漆器店
盆景店
錢莊
半塘橋

虎丘寺
茶室、酒館
竹器店
斟酌橋
古玩玉器店
盆景店
酒坊
棉店

二、山塘街風景

山塘街由山塘橋開始，一直緊傍着山塘河的北岸，通過半塘、普濟等石橋與對岸的街道連接起來。由於山塘街一頭連接着閶門繁華的商業區，一頭連接着花農、草席商雲集的虎丘鎮，所以自唐代以來，一直是南北商人的聚集地，也是各式商品的集散處。

從景觀看，山塘街可以分為東西兩段。東段從閶門起至半塘橋，這一段各式店舖林立，繁華熱鬧程度與閶門外大街難分上下。由於商賈大多集中這邊，所以這一帶開設了很多著名的酒樓。畫卷所見，大型酒樓比比皆是，座無虛席。而在山塘河南岸的一個富戶家中，主人正在大宴賓客，專桌上擺滿了菜餚，而僕役也在忙着傳遞酒食，估計這場筵席的規模也非同一般。有趣的是，這戶人家後邊的一所義學內正在上課，清貧的學生們都圍坐一起，認真學習。畫家把兩個畫面放在一起，看來也是有意為之。

西段由半塘橋至虎丘山。這段已漸次進入虎丘鎮及郊外地帶，店舖較少，以販賣花卉、字畫、手工藝品等店舖為主。食肆方面，除了吃飯為主的酒樓，也有幾家環境幽雅，只提供茶食的茶室、酒館。此外，由於虎丘一帶名勝甚多，景色秀麗，綠樹成蔭，山塘河上除了往來穿梭的畫舫，還有幾條正在開辦船宴的飛沙船。那些富紳商賈一邊欣賞虎丘風光，一邊與客人交流感情，洽商業務。

普濟橋旁有一座道觀。道觀前面人來人往，有看相先生在招攬生意；道觀裏面一片冷清，一個道士靠在門後，百無聊賴地看着街上的熱鬧，從側面反映出當時蘇州人重佛輕道的社會現實。

三、虎丘山風景

虎丘山是畫卷內容的收尾部分。虎丘山山在寺中，造景奇特。跟畫卷開首描繪靈巖山的山石峻峭不同，這處畫家除了細繪雲巖寺的雄偉建築，更着意刻畫虎丘一帶景觀的幽雅秀美，如詩如畫，還藉助商舖、酒館、遊船等細節渲染出虎丘濃郁的文化韻味。「半塘春水綠如澠，贏得橋留駐酌名。橋外酒帘輕颺處，畫船簫鼓正酣聲。」這首在蘇州流傳甚廣的詩作，正好為徐揚的畫意做了最好的詮釋。

天堂夢姑蘇繁華圖

繪　　畫：（清）徐揚（遼寧省博物館藏）

撰　　文：洪子平

責任編輯：冼懿穎

設　　計：一立設計

出　　版：商務印書館（香港）有限公司

香港筲箕灣耀興道 3 號東滙廣場 8 樓

http://www.commercialpress.com.hk

發　　行：香港聯合書刊物流有限公司

香港新界大埔汀麗路 36 號中華商務印刷大廈 3 字樓

印　　刷：中華商務彩色印刷有限公司

香港新界大埔汀麗路 36 號中華商務印刷大廈 14 字樓

版　　次：二〇〇九年十月第 1 版第 1 次印刷

ISBN 978 962 07 5566 8

Printed in Hong Kong